ЧИТАЙТЕ В СЕРИИ «ФЭНТЕЗИ ДЛЯ ПОДРОСТКОВ»:

Дж. Э. Уайт
«Ночные тетради»

Сара Бет Дёрст
«Девочка, которая не видела снов»

Клэр Фэйерс
«Магия зеркал»

Том Ллевеллин
«Страшная тайна»

Уилло Дэвис Робертс
«Девочка с серебряными глазами»

Крис Уормелл
«Волшебное место»

Ник Уорд
«Царство ночи»

Сэмюэл Дж. Хэлпин
«Очень странные Щеппы»

Трентон Ли Стюарт
«Хранители тайны»

Карен Инглис
«Тайное озеро»

Полли Хорват
«Ночной сад»

Элка Эвалдс
«Бабушкина магия»

ЧИТАЙТЕ ДРУГИЕ КНИГИ КИРСТЕН БОЙЕ:

«Лето в Зоммербю»
Серия «Дети с улицы Чаек»

Кирстен Бойе

Тот, кто приходит из зеркала

#эксмодетство
Москва
2020

УДК 821.112.2-93
ББК 84(4Гем)-44
Б77

Бойе, Кирстен.
Б77 Тот, кто приходит из зеркала / Кирстен Бойе ; [перевод с немецкого Ю. Б. Капустюк]. — Москва : Эксмо, 2020. — 288 с.

ISBN 978-5-04-104504-3

Анна всегда знала, что в ней нет ничего особенного. Она самая обычная девочка из самой обычной семьи. Так почему же именно ей выпал шанс спасти Страну-по-ту-сторону? Это случилось однажды вечером, когда Анна встретила странного кролика. Он принёс ей зеркало, которое оказалось волшебным! Посмотрев в него, девочка попала в Страну-по-ту-сторону. Её жители вот уже много лет страдают от бесчинств Дикого Деспота. Согласно пророчеству, свергнуть его сможет лишь Избранный, пришедший из зеркала. Значит, теперь от Анны зависит не только её собственная жизнь, но и судьба всей страны! Но что, если она очутилась тут по ошибке? Что, если она не Избранная? Получится ли у Анны победить злодея и вернуться домой?

Кирстен Бойе – всемирно известная немецкая писательница, обладатель Немецкой молодёжной литературной премии и премии ЮНЕСКО. Роман «Тот, кто приходит из зеркала» вошёл в список семи лучших книг для подростков по версии «Радио Германии».

УДК 821.112.2-93
ББК 84(4Гем)-44

ISBN 978-5-04-104504-3

Наступает вечер, и высоко над холмами стоит Тот-кто-живёт-над-облаками — тот, кто видит звёзды на небе и то, как на Земле один за другим зажигаются огни.

— А теперь беги, — говорит он кролику. — Момент настал, и не стоит больше ждать. Нельзя терять время.

Кролик смотрит вверх на звёзды, затем вниз на Землю. На Земле мерцают миллионы огней, и она вдруг кажется такой огромной, а даль за всеми этими огнями такой бесконечной... и то, что кролику предстоит отыскать тот единственный огонёк, от которого всё зависит, вдруг кажется ему невероятным.

— Возможно, — бормочет кролик, — я ещё не готов. Я ведь всего лишь кролик. А у тебя так много других помощников, более мудрых и опытных, чем я...

— С чего вдруг? — говорит Тот-кто-живёт-над-облаками и улыбается; и горизонт внезапно приближается, и путь кажется совсем лёгким. — Разве с тех пор, как твои уши отросли, ты не просил меня дать тебе задание? У того, в ком кто-то нуждается, силы всегда найдутся.

— Но нельзя же начинать с такого сложного задания, Хозяин! — восклицает кролик. — И с такого важного! Может, тебе стоило бы...

— Мы способны увидеть, что заключено внутри нас, только когда становится трудно, — говорит Тот-кто-живёт-над-облаками. — Вот зеркало. А вот план.

Кролик прячет их в свою сумку и смотрит вверх на звёзды, затем вниз на Землю, где мерцают миллионы огней; и Земля такая огромная, а горизонт такой далёкий за всеми этими огнями... и то, что ему предстоит отыскать тот единственный огонёк, от которого всё зависит, кажется ему совершенно невероятным.

— А теперь беги, — говорит Тот-кто-живёт-над-облаками. — Я выбрал тебя. Беги!

Тогда кролик пускается в путь, поначалу неохотно, и от понимания того, как много от него зависит, теперь только от него одного, у него кружится голова.

Он так сильно этого хотел.

— Беги, — говорит голос. — Я выбрал тебя.

И огни становятся ближе.

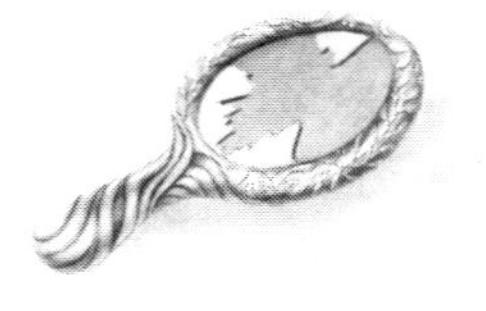

1

С чего всё началось

Если я расскажу сейчас мою историю, мне никто не поверит. Такого ни с кем не случалось. Ни с кем никогда не случалось ничего подобного — только со мной, именно со мной.

Тем не менее это правда, и когда я выдвигаю ящик своей сокровищницы, то вижу там зеркало: оно лежит среди моих драгоценностей, рядом с коробкой ракушек, которые я собрала во время школьной экскурсии на Северное море; рядом с маленькой прозрачной коробочкой с красивыми лентами для волос и кисточками из глянцевой бумаги, которыми в кафе-мороженом всегда украшают детские стаканчики. На Катин день рождения мы ходили туда впятером, и мне разрешили забрать с собой кисточки из всех стаканчиков. Между этими вещицами теперь лежит зеркало, и мама говорит: «А что это за старое сломанное зеркало, Анна? Откуда оно у тебя?» Как в тот раз, когда я вернулась.

И я снова думаю, а не рассказать ли ей всю историю — о Стране-по-ту-сторону и о Раджуне, моём спутнике, который мог освобождать предметы, наигрывая их мелодию, о Диком Деспоте, обо всех моих страхах и о нашей победе.

Но я знаю, что она мне не поверит. Ведь ничего подобного никогда не происходило, и мама начнёт обо мне беспокоиться, положит ладонь мне на лоб и скажет: «Температуры у тебя нет, Анна. Тогда что с тобой?»

А если я потом всё равно попытаюсь ей это объяснить, её беспокойство лишь возрастёт, и она отведёт меня к врачу и попросит его о помощи. Хотя помощь мне не нужна. Я чувствую себя хорошо.

Да, с момента своего возвращения я чувствую себя хорошо как никогда и не хочу, чтобы мама волновалась. Поэтому я опускаю зеркало в ящик на самое дно и поспешно рассказываю ей о школе.

А ещё я не хочу, чтобы Катя надо мной смеялась, поэтому ей о своих приключениях я тоже ничего не рассказываю. Хотя в большинстве случаев она моя лучшая подруга.

Один раз я всё-таки попробовала ей рассказать — на большой перемене между естествознанием и немецким. На уроке мы как раз говорили о том, какими способами мелкие звери обороняются против крупных, например ёжик с его острыми иголками, и я вдруг подумала, что это почти как было у меня с Деспотом. Сильные не всегда побеждают.

— Знаешь, однажды такое произошло и со мной, — начала я, но Катя в этот момент листала с Назрин свой блокнот «Мои лучшие друзья». Туда принято вклеивать свою анкету и своё фото, а потом, год спустя, рассматривать блокнот и смеяться над тем, каким маленьким и смешным ты был. — Катя, я побывала в Стране-по-ту-сторону.

— В Дании? — спросила Катя и расхохоталась, ткнув пальцем в фотографию Криши.

— Нет, не в Дании! — воскликнула я. — Страна-по-ту-сторону — не настоящая страна! Не обычная! Катя, да послушай же! В этом мире всё неправильно!

— Ты что, с ума сошла? — сказала Катя. — Станешь мне теперь сказки рассказывать? — И она принялась дальше листать блокнот «Мои лучшие друзья». На одной фотографии Миха сидел на качелях — наверняка в то время он ещё ходил в садик. — Совсем обалдела?!

— Я люблю сказки, — заметила Назрин. — Папа нам их иногда читает.

Тут я поняла, что всё бесполезно, и, взяв свой бутерброд с ливерной колбасой, вышла во двор. Я балансировала на верхушке детской горки, но мне было не страшно. Ведь это пустяк по сравнению с тем, что мне приходилось совершать, когда я была в Стране-по-ту-сторону.

Порой мне так хочется поделиться своей историей, что кажется, будто меня вот-вот разорвёт. Тогда, чувствуя себя до жути одинокой, я закрываю глаза и вижу Раджуна — как он сидит в сарае и играет на губной гармошке. Послушав его немного, я могу снова открыть глаза. Наверняка он тоже часто обо мне вспоминает.

Я знаю, что мне никто не поверит — наверное, я бы и сама не поверила, если бы Катя рассказала мне о блуждающих дорогах и горах зла; о знаке кузнеца и о кольце; о нашем безграничном ужасе и ещё более безграничной отваге.

И никто не поймёт, почему это должно было произойти именно со мной. Именно со мной — хотя я такая скучная и такая обыкновенная и самая что ни на есть среднестатистическая!

Именно такая я и есть, и я до сих пор — до сих пор! — думаю, почему именно на мою долю выпало найти это зеркало. Хотя мне уже давно пора знать, что иногда задаваться вопросами бесполезно, а нужно делать то, что нужно — теперь я этому научилась.

Я восстала против Деспота — я, а не Катя с её длинными светлыми волосами и голубыми глазами, с которой все хотят сидеть. Я, а не Алесса, которую всегда выбирают первой перед игрой в вышибалы. Я, а не Ассал, которая лучше всех пишет контрольные по всем предметам и для этого даже не напрягается. Я, Анна, со своими спутниками освободила Страну-по-ту-сторону, и никого не волновало, что у меня волосы мышиного цвета, что никто не горит желанием взять меня в свою команду в вышибалах и что я не особенно умна. Меня хватило — ровно той, какая я есть.

Поэтому сейчас я всё-таки рассказываю свою историю. Поскольку это может случиться с каждым! Если не нужно быть особенным, чтобы выполнить такое задание, — значит, это может произойти с каждым. Ты вдруг находишь зеркало — и тебе не остаётся ничего другого, кроме как стать героиней.

Со мной это произошло прошлой осенью, вскоре после того, как в нашем классе появилась новенькая — Назрин. День клонился к вечеру, я уже сделала все уроки, и по телевизору крутили одно и то же. Катя договорилась встретиться с Назрин, хотя она вообще-то была моей лучшей подругой, а рисовать мне не хотелось. И тогда я стала смотреть, как мама моет окна.

— Да что с тобой происходит, Анна? — спросила мама и вдруг пошатнулась на подоконнике. Мыть окна очень опасно, если не умеешь летать. — Ты полдня уже здесь маешься. Не знаешь, чем заняться?

— Мне не с кем играть, — ответила я, наблюдая за тем, как мама газетой вытирала стекло, пока оно не стало таким прозрачным, словно его и не было вовсе. — Катя сегодня играет с Назрин.

— И что? — удивилась мама и взобралась на следующий подоконник. Без тапочек, в одних носках — иначе на подоконнике останутся пятна. — На Кате что, свет клином сошёлся? В вашем классе двадцать четыре человека, ведь так? И в нашем доме живут дети! Сходи к Михе. — Она провела по стеклу губкой с пеной — так, что пена закапала вниз.

— Я его не очень хорошо знаю, — сказала я, хотя и сама понимала, как по-дурацки это звучит. Но тогда мне не хотелось общаться с мальчишками. Пока я не познакомилась с Раджуном, моим спутником.

— И что? — настаивала мама. — Неужели нельзя попробовать что-нибудь новенькое? Почему бы тебе не пойти, не позвонить в дверь и не спросить, не хочет ли он с тобой поиграть?

Я только покачала головой.

— Я всегда играю с Катей, — ответила я.

Мама ко мне даже не повернулась. Она снова взяла газетную бумагу, и со стороны казалось, будто она разговаривает с окном.

— Нельзя ждать, что в жизни тебе всё будут преподносить на блюдечке, — заявила она и принялась усиленно вытирать место, с которого никак не удалялось пятно. Возможно, это был высохший птичий помёт. — Нужно и самой приложить усилия, мадам.

Но я не хотела прикладывать усилия. В тот момент мне хотелось просто сидеть, смотреть на маму и хандрить.

— Сходила бы тогда в магазин и купила чего-нибудь к ужину, — сказала мама.

Она продиктовала мне список продуктов, и я, вытащив из кладовки корзинку и взяв деньги из маминого кошелька, вошла в лифт и спустилась вниз.

С этого всё и началось.

Иногда я думаю, как бы всё сложилось, если бы Катя не договорилась в тот день о встрече с Назрин. Или я бы осталась в своей комнате делать витраж. Ведь у меня это неплохо получается.

Может, тогда зеркало обнаружил бы кто-то другой?

Интересно, что бы тогда сейчас происходило на свете?

Может, оно и хорошо, что всё произошло так, как произошло.

2

Кролик

Снаружи стало смеркаться. На детской площадке мамочки собирали своих малышей, а с футбольного поля доносились мальчишеские голоса. Люди возвращались с работы, и широкая улица была заполнена машинами. Я понимала, что не смогу просто перебежать дорогу к супермаркету, как делаю иногда, и если мне дорога жизнь, придётся дойти до светофора. Я подумала, что мама снова хорошо устроилась: сидит там наверху, в нашей уютной квартире, а я вынуждена тащиться в супермаркет.

Поэтому я побежала через газон — ведь так быстрее, правда, не намного, — хотя вытаптывать газоны запрещалось: об этом сообщали специальные таблички, висящие внизу у входа в дом. Газоны существуют только для красоты. Но наступали сумерки, и был шанс, что меня никто не заметит.

Итак, поначалу я шла обычным шагом, даже слегка замедленным: у меня не было такого уж большого желания покупать продукты. Но когда я ступила на зажатый между домами газон, примерно в том месте, где растёт пышный куст, мне вдруг показалось, что сумерки резко сгустились. Обычно у нас так быстро не темнеет.

Мне стало страшно, как всегда становится страшно в темноте на улице, и тогда я начинаю напевать себе под нос успокаивающую песенку. Впрочем, выходить из дома в тёмное время суток мама мне и не разрешает. Но сегодня она, видимо, упустила этот момент, и я подумала, что если не потороплюсь, то непроглядная ночь наступит прежде, чем я вернусь домой. От этой мысли у меня ещё больше скрутило живот, и я ещё громче замурлыкала свою успокаивающую песенку.

Тогда я и увидела его. Он сидел у высокой берёзы, неподалёку от куста, и при моём приближении не бросился бежать, а продолжал сидеть совершенно спокойно. Как будто поджидая. От изумления я встала как вкопанная.

Разумеется, в нашем районе порой встречаются кролики, они ведь везде встречаются, где есть лужайки и растёт пара кустиков. По весне их можно увидеть на проезжей части, раздавленных колёсами автомобилей. Как правило, это крольчата, которые ещё не очень хорошо ориентируются и не знают, как опасно жить на белом свете.

Но как правило, завидев шагающего к ним человека, кролики убегают, даже если протянуть им морковку. Они боятся людей. А дети, разумеется, входят в число последних.

Поэтому я пришла в ужас, увидев неподвижно сидящего кролика, который как будто поджидал меня. Так смирно животные сидят лишь в том случае, если больны бешенством — об этом мне сказала мама, когда однажды прошлым летом мы гуляли в лесу, и ещё она сказала, что в таких случаях подходить к ним нельзя. Потому что они укусят — и человек заразится бешенством. А эту болезнь приятной не назовёшь.

Я задумалась, стоит ли вообще подходить к кролику или лучше поспешить в супермаркет. Но зверёк сидел так тихо и смотрел на меня так пристально, что я решила, что, скорее всего, у него нет никакого бешенства. А вдруг он ранен и не может прыгать? Вдруг наступил на осколок стекла или на что-то подобное? И теперь сидит и ждёт, чтобы кто-нибудь отнёс его к ветеринару. Хотя о существовании ветеринаров кролики вряд ли догадываются. По крайней мере, дикие кролики.

Поэтому я очень осторожно сделала ещё шаг вперёд, и ещё — и всё это время кролик смотрел на меня так, будто ждал меня. И тогда я поняла почему.

Это был ручной кролик, а не дикий, живущий в норке под лужайкой. Разумеется, выглядел он так же, как и дикий — имел коричневый окрас, и сидел так же, как кролик, который только что выскочил из норки, чтобы на ночь глядя отправиться на поиски чего-нибудь съестного. Однако на его шее виднелся ошейник, и он немного светился в темноте, а спереди с него свисал кожаный мешочек — такой, какой некоторые люди носят на шее и в который прячут деньги, когда отправляются в путешествие в незнакомую страну и боятся, что их обокрадут. У кролика на шее висел кошелёчек для путешествий, и выглядело это очень странно. Я никогда не слышала, чтобы кролики отправлялись в путешествие. Честно. Или за покупками.

— Хочешь сходить со мной в магазин? — спросила я и, не выдержав, тихонько рассмеялась — до того забавным мне это показалось. Хотя вокруг было темно и даже немного жутковато. — А где же твоя корзинка для покупок?

Разумеется, кролик не ответил, а только продолжал смотреть на меня так, будто хотел сказать, что за чепуху я несу. От этого мне даже сделалось неловко, хотя испытывать неловкость в присутствии кролика человек, в общем-то, не должен.

— Я пошутила, — пояснила я, как будто кролик мог меня понять, и в эту минуту увидела его — оно сверкнуло на земле, прямо возле моих ног. Ещё чуть-чуть — и я бы на него наступила.

Страшно подумать, что было бы, если бы я на него наступила! Зеркало бы разбилось, и ничего бы не произошло. Я бы купила для мамы продуктов и с полной корзинкой побежала домой, мурлыча себе под нос и немного побаиваясь темноты. Мы с мамой поужинали бы, и, возможно, перед сном она прочитала бы мне сказку. Хотя для сказок я уже слишком большая. И всё было бы как раньше.

Страшно себе представить.

Но я вовремя заметила этот блеск и наклонилась, потому что меня охватило любопытство. Конечно, это мог быть просто старый осколок стекла, к примеру, тот самый, о который кролик поранил лапку. Тогда стало бы ясно, почему он сидит здесь так тихо.

Но я чувствовала, что это не обычный осколок. Уже наклоняясь, я знала, что то, что блеснуло у меня под ногами, — не просто стёклышко от бутылки. Каким-то непостижимым образом я уже в тот момент понимала, что прямо сейчас произойдёт что-то особенное. Хотя что именно, разумеется, не имела ни малейшего понятия.

Я наклонилась к зеркалу, а кролик продолжал на меня смотреть, и не будь он кроликом, я бы решила, что он вдруг испытал облегчение. Но зацикливаться на этой мысли я не стала.

Ведь там, на земле, прямо передо мной, лежало зеркало. Такое старомодное зеркало, какое всегда подносят к лицу принцессы в фильмах-сказках, чтобы повертеться перед ним и полюбоваться своей красотой. У него была изящная ручка из серебра, а само зеркало в серебряной оправе сверкало так ярко, что уже тогда мне, вероятно, стоило бы задуматься почему. Ведь на улице уже почти стемнело!

Но в ту пору я была такой глупой! Я подняла зеркало и подумала, что вот сейчас сидит где-нибудь какая-то девочка и грустит из-за того, что потеряла своё драгоценное зеркальце. В том, что оно драгоценное, я нисколько не сомневалась. Серебряную раму и ручку украшала тонкая резьба, и, всмотревшись внимательнее, я заметила, что ручка сделана в форме ствола толстого старого дерева, в кроне которого сверху и размещалось зеркало. Раму словно оплетал узор из сучьев с множеством мелких листочков и веточек, и зеркало выглядело таким красивым, что я и представить не могла, кому в нашем районе может принадлежать такая вещица.

Я перевернула его. Мне захотелось посмотреть, как выглядит «дерево» с другой стороны, — и увиденное меня ошеломило. Обратная сторона была украшена не только серебром, но и золотом: дерево, такое же, как и на передней стороне, было покрыто сверкающим красноватым драгоценным металлом, и между его ветвями тоже поблёскивало зеркало.

Разумеется, нельзя было знать наверняка, настоящее это золото или нет, но я сразу поверила, что настоящее, — ведь оно выглядело так прекрасно и дорого! Прекрасным было и то, что с обратной стороны находилось ещё одно зеркало. У принцессиных зеркал в фильмах-сказках такого не было.

Тогда я сразу подумала, что наверняка одна его сторона увеличивает: мама пользуется таким, когда выщипывает брови или красит ресницы. У мамы было самое обыкновенное зеркало с крышечкой, умещающееся в любой сумочке; ты его открываешь — и с одной стороны видишь своё обычное отражение, а с другой зеркало делает лицо таким большим, что в нём умещается только нос. Или глаза. Или подбородок.

Мне захотелось проверить, обладает ли это золотисто-серебристое принцессино зеркальце таким свойством. Поэтому я посмотрелась в него. Так это и произошло.

Вообще-то я не люблю смотреться в зеркала. Как любой человек, у которого такие же растрёпанные мышиного цвета волосы и такое же ничем не примечательное лицо. Если долго не смотреться в зеркало, то можно вообразить, что за это время ты стала краше, а может, даже превратилась в такую красавицу, как Катя.

Она-то всегда с удовольствием смотрится в зеркало.

Но я ведь знаю, что там увижу, поэтому по утрам перед школой причёсываюсь без зеркала, хотя мама потом говорит, что мой неровный пробор напоминает американские горки и что в свои десять лет я уже наконец-то достаточно взрослая, чтобы привести себя с утра в порядок.

Но в тот осенний сумеречный вечер я всё-таки посмотрелась в зеркало. Я должна была это сделать. Потому что мне хотелось узнать, какая его сторона увеличивает.

Вначале я посмотрелась в золотистую сторону, и в ней увидела своё привычное скучное лицо, такое же, какое отражается в зеркале в нашей ванной комнате, когда я в него смотрюсь, и оно ни капельки не краше обычного и ничуть не больше. На заднем плане я разглядела кролика, который всё ещё сидел на прежнем месте и смотрел на меня.

Значит, увеличивает серебряная сторона. Ведь если не золотая — значит, серебряная. Я перевернула зеркало и заглянула в него, хотя смотреть на себя увеличенную мне нравится ещё меньше, чем на обычную.

Но моё лицо не увеличилось. И на серебристой стороне моё лицо выглядело совершенно обычно, а на заднем плане по-прежнему сидел кролик и смотрел на меня.

И тем не менее у меня появилось чувство, что что-то не так. Что-то изменилось, и я нагнулась, чтобы рассмотреть и понять, в чём дело — в волосах, носе или глазах. Но дело было не в них.

Тут я внезапно увидела это. На заднем плане, прямо над моим плечом, я снова разглядела в зеркале кролика. Но высотного дома за ним больше не было. За ним не было вообще ничего, кроме неба.

Моё сердце замерло в груди. Ведь в зеркале всегда видишь лишь то, что есть на самом деле! А там, где сидел кролик, должен был быть дом номер сто четырнадцать, подъезды от «А» до «Д» — высотный дом, в котором живёт Катя. А теперь он исчез, и там было лишь вечернее серое небо, которое потемнело настолько, что на нём потерялись проплывающие мимо облака.

Я сделала глубокий вдох, как полагается делать всякий раз, когда хочешь, чтобы у тебя в голове прояснилось, и снова внимательно всмотрелась в эту точку. Но дома на месте по-прежнему не было.

Поэтому я собралась с духом и медленно-медленно обернулась.

И оказалась в Стране-по-ту-сторону. Только я этого ещё не знала.

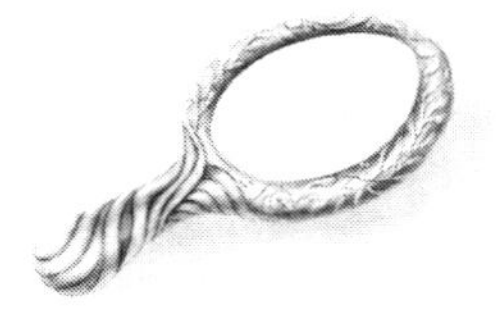

3

Сквозь зеркало

Кролик сидел передо мной и, как и прежде, смотрел на меня. Как и прежде, рядом были кусты и высокая берёза, от цветения которой у Кати каждый год начинается аллергия. Кусты, берёза и кролик. Но всё остальное, что находилось здесь мгновение назад, исчезло.

На секунду меня охватила такая паника, что меня едва не вырвало. Я стояла на широком лугу в вечерних сумерках, и в том месте, где только что возвышались наши дома, не было ничего, кроме бескрайнего поля, а там, где через наш район проходила широкая улица с автомобилями, осталась лишь просёлочная дорога, до того узкая, что на ней не поместилась бы и телега. Было так тихо, что я слышала собственное дыхание. Где-то громко закричала птица.

От ужаса я упала на землю. «Помогите!» — подумала я.

— Мама! — крикнула я. И едва не расплакалась.

Что со мной? Да помогите же! Что со мной?! Всё происходящее никак не могло быть правдой, и мне стало так страшно, что я разрыдалась.

Поначалу я решила, что заболела. Существует такая болезнь, которая заводится у человека в голове, и он начинает представлять себе, что он старая королева, которая давным-давно умерла, или что в метро за ним днём и ночью следят опасные гангстеры. В таких случаях нужно обратиться к врачу, попить лекарства — и тогда, если повезёт, человек поправится.

Может быть, людям с такой болезнью тоже иногда представлялось, что они где-то в другом месте! Значит, я больна, а мамы рядом нет, и некому отвести меня к врачу, да к тому же там, где я находилась, никакого врача, скорее всего, и не было.

— Мама! — крикнула я. — Иди сюда, помоги мне!

Но никто не пришёл.

Тогда я рухнула в траву, обхватила голову руками и зарыдала. Я рыдала, а небо надо мной становилось всё чернее и чернее, а кусты превратились в мрачные тени.

— Иди сюда, помоги мне! — прошептала я, хотя и знала, что мама не слышит, и абсолютно не представляла, кто может прийти мне на выручку кроме мамы.

Пока я лежала и думала, что больше никогда-никогда не встану, что-то холодное и влажное коснулось моей руки. Но я даже голову не подняла. Ведь и так было понятно, что всё кончено.

И тогда я ощутила это прикосновение снова.

— Прошу прощения, — произнёс голос. — Совершенно незачем так убиваться. А ну-ка, успокойся.

Я испытала неописуемое облегчение. Кто-то пришёл, чтобы мне помочь! Возможно, этот незнакомый человек даже отведёт меня к врачу. По крайней мере, я уже не одна.

Я осторожно села и осмотрелась, но никого поблизости не заметила. Только кролик продолжал сидеть на месте, теперь уже совсем рядом, и вид у него был такой, будто он пытался изобразить улыбку.

— Ну вот, — произнёс кролик. — Так гораздо лучше.

Тут я не выдержала и закричала. Я кричала так громко, что кролик от страха отпрянул назад и оказался почти возле тёмных кустов. Стало ясно, что моя болезнь намного серьёзнее, чем я предполагала — если я уже слышу говорящих кроликов! Я подумала, что да — порой я дерзко веду себя с мамой и зачастую списываю у Ассал домашку в последний момент на перемене, и когда нужно убраться в комнате, я просто заталкиваю барахло ногой под кровать... Но всё равно — такого жуткого наказания я не заслужила!

Тогда я точно была уверена: либо это наказание, либо болезнь. Ничего иного я и представить себе не могла. До чего же я тогда была глупой!

— Я могу вернуться? — осторожно спросил кролик. — Или ты опять начнёшь орать?

— Мама! — завопила я. — Ой, мама, пожалуйста!

— Да возьми же ты себя наконец в руки! — строгим голосом произнёс кролик и снова сел возле меня. — Так мы только теряем время.

— Мама, — прошептала я. Общаться с кроликом я не хотела. Всё равно он не мог разговаривать по-настоящему.

— А теперь слушай внимательно, — сказал кролик. Так иногда говорит моя учительница, когда я что-то не поняла по математике, и она подходит к моей парте, чтобы подробно объяснить эту тему ещё раз. — Тебе совершенно нечего бояться. Вон там ведь лежит зеркало.

Я понятия не имела, почему это должно меня утешить, но на душе всё равно стало немного спокойнее. Так случается всегда, когда кто-то ласково с тобой разговаривает.

— Ну, возьми же его! — сказал кролик. — Ты можешь вернуться в любой момент!

Тут я впервые прислушалась к его словам и подумала, что кролики всё равно не умеют разговаривать и того, что сейчас со мной происходит, точно не может быть — но почему бы перед тем, как рухнуть здесь в отчаянии и зарыдать, мне не попробовать сделать то, что он предлагает? Ведь хуже уже не будет.

Я села и поискала руками зеркало. К счастью, оно не разбилось, когда я от ужаса его выронила. Я посмотрелась в него — и снова оказалась в своём районе.

Я вернулась домой! Вряд ли кто-то до меня испытывал такое счастье, увидев четыре старых высотных дома и улицу, заполненную пыльными автомобилями, и услышав, как на футбольном поле кричат пацаны, а мамаши торопят своих малышей, потому что наступил вечер и им скоро ложиться спать!

Я испытала безграничное счастье и облегчение и подумала, что больше никогда-никогда в жизни не захочу оказаться вдали от дома и не буду жаловаться на то, что у нас так скучно и так шумно, и никогда больше не буду ныть из-за того, что другие уезжают на каникулы на Балтийское море или даже на Мальорку, а мы только и делаем, что торчим в нашем районе. Я и не знала, как это прекрасно — просто быть дома.

— Урррра-ааа! — воскликнула я, подпрыгнув.

Перед светофором стоял тот самый синий грузовик, и я подумала, что отсутствовала, вероятно, не более секунды. Как будто упала в обморок: я ведь и на земле успела полежать.

— Ну, тебе лучше? — прозвучал рядом знакомый голос. — Не нужно каждый раз так волноваться, иначе нам будет очень трудно. Холодный рассудок — вот что тебе сейчас нужно.

— Помогите! — закричала я.

Да, я снова находилась у себя дома, в своём районе, и синий грузовик у светофора только-только тронулся с места. Но кролик по-прежнему был рядом, и я по-прежнему слышала, как он разговаривает.

— Я ведь сказал — сохраняй холодный рассудок! — шикнул на меня кролик и испуганно огляделся по сторонам, не слышал ли нас кто. — О господи! Как же будет непросто!

Я уставилась на кролика и досчитала до десяти.

— Только не думай, что тебе удастся меня обмануть! — воскликнула я.

Я решила пока отложить поход в супермаркет, немедленно вернуться домой и поинтересоваться у мамы, видит ли она кролика. И слышит ли, как он разговаривает.

— Да никто не собирается тебя обманывать! — снова прошептал кролик. — Да пойми же наконец! Зеркало!

Поскольку я снова стояла на знакомой лужайке и чувствовала себя в относительной безопасности, я осторожно взглянула в сторону зеркала. Вроде бы испортить я ничего не могла.

Зеркальную поверхность по-прежнему обрамляли золотые ветви. Заглянув в неё, я увидела себя и кролика. Позади возвышались дома, перед светофором снова остановились автомобили. Теперь впереди стояла большая зелёная машина марки «Вольво».

— Ну? — спросил кролик.

Я чуть не рассмеялась. Разумеется, вся эта неразбериха с кроликом была невероятно странной, но в остальном жизнь шла своим чередом.

— Что значит «ну»? — спросила я. — Ничего же не произошло, сам видишь!

Кролик вздохнул, прямо как человек.

— Другая сторона! — сказал он. — Ну как же можно быть такой тупой!

Я перевернула зеркало. В сумерках разница между золотистой и серебристой сторонами была едва различимой.

Мне даже не пришлось оборачиваться, чтобы понять, что я снова на лугу. Было очень тихо, и пели птицы.

— Нет! — прошептала я и быстро бросила взгляд в то место, где должны были стоять дома. Маму я больше не звала. Я ведь знала, что вернусь.

— Ну? — торжествующе воскликнул кролик, но я не удостоила его ответом. Я перевернула зеркало золотистой стороной к себе — и услышала гул автомобилей и крики мальчишек на футбольном поле.

— Ого! — прошептала я.

Кролик улыбнулся. По-настоящему.

— Да! — с облегчением выдохнул он.

Тогда я решилась перевернуть зеркало ещё раз — и снова в сумерках защебетали птицы, и снова там, где были дома, осталось только небо, и далеко-далеко на горизонте мерцали тёплые огоньки, как освещённые окна в деревушке.

Кролик снова сидел рядом со мной.

— Наконец-то до тебя дошло! — радовался он.

Я решила больше не ломать голову над тем, почему кролик разговаривает. Если уж с помощью зеркала можно попасть в волшебную страну — то почему бы не встретить говорящего кролика? Я решила обсудить это позже с мамой, после похода в супермаркет.

— И так будет всегда? — спросила я, в очередной раз перевернув зеркало другой стороной. Автомобиль «Вольво» только-только стартовал от светофора. — Каждый раз туда-сюда? — И птичка запела, и небо стало мрачным и облачным, а я всё переворачивала и переворачивала зеркало.

— Всегда, — сказал кролик. — Ты же видишь.

Это было безумно интересно, и я чувствовала себя словно на карусели, когда выглядываешь из кабинки и видишь, как раз за разом мимо проносится мир.

— Вот это да! — воскликнула я, но тут же вспомнила об ужине и о том, что супермаркет вот-вот закроется. И прекратила забавляться с зеркалом. — А теперь мне пора за покупками, — вспомнила я. Мне было любопытно, пойдёт ли кролик со мной и попросит ли купить ему морковку в овощном отделе.

Но наш супермаркет его не интересовал. Ничуточки.

— Не стоит тебе туда идти, — сказал он. — За покупками. Тебе ещё многое нужно успеть.

Вот это наглость! Какой-то невесть откуда взявшийся кролик будет мне указывать, что делать, только потому, что умеет разговаривать! В этих делах я слушаюсь маму, а не его.

— Маме нужен чёрный хлеб! — прошипела я. — Она рассердится, если я задержусь.

— Ты не задержишься, — настойчиво произнёс кролик. — Ты вернёшься в тот же момент. Страна-по-ту-сторону не потратит твоего времени!

— Не потратит времени? — спросила я и вдруг осознала, что всё вокруг точно такое же, как и тогда, когда я вернулась с зеркалом в свой район. Синий грузовик по-прежнему стоит перед светофором, как и зелёный «Вольво». — То есть я вернусь обратно ровно в ту минуту, в которую вышла отсюда через зеркало?

— В ту же секунду, — поправил меня кролик и с серьёзным видом кивнул. Я подумала, как же это забавно, когда кролики кивают. Это кажется забавным мне и до сих пор, хотя прошло столько времени. К некоторым вещам невозможно привыкнуть.

— В ту же секунду! — прошептала я, постепенно осознавая, что это значит.

Я могла перейти на ту сторону в любой момент и остаться там сколько захочу. Чтобы не торопясь всё рассмотреть. И на этот период здешнее время для меня остановится.

— С ума сойти! — изумилась я.

Значит, теперь я буду устраивать себе столько каникул, сколько захочу. В самый разгар урока математики я могу просто перевернуть зеркало — и полежать на лугу, послушать птиц и немного отдохнуть. А возможно, там даже найдутся люди, которые разбираются в математике, и тогда они объяснят мне нужный пример, и когда я снова переверну зеркало, мне останется лишь вписать в тетрадку ответ. Если захочется. А может, мне захочется там просто передохнуть. Во время контрольной это может очень пригодиться.

Или летом, когда нам снова не удастся никуда уехать! Я просто переверну зеркало — и три недельки побуду в другой стране. Наверняка летом Страна-по-ту-сторону чудо как хороша! Может, там есть озёра и леса или даже море, как на Катиной Мальорке. И совершенно бесплатно!

Я пришла в бурный восторг. Какой же глупышкой я была раньше!

— Это так круто! — воскликнула я.

Кролик молчал и пристально смотрел на меня.

— Итак? — спросил он.

Я подумала, что вполне могу ненадолго нырнуть в ту страну, а уж потом пойти в супермаркет. Просто посмотреть, как там всё устроено. Нужно быть совсем идиоткой, чтобы не воспользоваться такой возможностью.

Я посмотрела, какой автомобиль только что остановился перед светофором — чтобы потом сравнить. Это был старый серый автофургон.

В следующее мгновение я перевернула зеркало.

Я совсем не хотела быть храброй. Просто так вышло.

4

Страна-по-ту-сторону

На берёзе восседала крупная птица и на этот раз молча таращилась на меня. Может, она радовалась моему приходу.

— Привет, птичка! — поздоровалась я. Если уж кролик разговаривает, то не исключено, что и птица мне ответит. Но она молчала.

В последних отблесках вечера я снова разглядела вдали деревушку, и её огоньки мерцали так уютно, что мне сразу захотелось туда пойти. В кармане куртки я нащупала зеркало, и мне было не страшно. Ну, почти не страшно.

— А теперь-то что? — спросил кролик и нетерпеливо топнул правой лапкой. — Ты что, решила тут корни пустить?

Я по-прежнему считала, что он разговаривает со мной чрезвычайно дерзко, но я и сама уже собиралась пойти.

— Не командуй! — буркнула я. И тронулась в путь.

Страна-по-ту-сторону оказалась именно такой, какой её представил бы себе любой человек, узнав, что можно путешествовать через зеркало. Здесь не было многоэтажных домов, автомобилей, широких проспектов и прилипшей к асфальту жвачки — во всяком случае, там, где я сейчас находилась.

Узкая песчаная тропинка змейкой бежала в сумерках вдаль по холмам, а на лугах справа и слева от меня стоял скот: коровы с телятами и овцы с ягнятами. На пастбище паслись лошади, а по его краю, вдоль опушки леса, спокойно проходило стадо оленей.

— Ого! — воскликнула я и пощупала в кармане зеркало. — Думаешь, они настоящие?

— Здесь всё настоящее, — сказал кролик. Было похоже, что он куда-то спешил. — Но если хочешь дойти до наступления темноты, тебе стоит прибавить шагу.

Разумеется, я опять разозлилась на него за то, что он разговаривает со мной в командном тоне, но я и сама понимала, что он прав. Животные превратились в серые тени, а некоторые из них уже улеглись. Если я буду и дальше так ползти, жители деревни тоже уйдут на боковую.

Поэтому я не то чтобы побежала (всё-таки при мне была дурацкая корзинка для продуктов и кошелёк, и нести их было неудобно), но пошла быстрее. Дома постепенно приближались, и меня вовсе не удивило, что и они выглядели так, как должны выглядеть дома в стране по ту сторону зеркала: маленькие, крытые соломой и похожие на домики из японского мультика. В окнах горел свет, он колебался и мерцал, не оставляя сомнений, что это свечи. Ведь электрический свет не мерцает и не колеблется.

Тогда мне очень-очень захотелось узнать, как выглядят эти домики изнутри и какие в них живут люди. Я представила себе, как навстречу мне выйдет невысокий добродушный мужчина со свечой и проводит меня в уютную крошечную спальню со старомодной кроватью, на которой лежит толстое-претолстое одеяло, и если его встряхнуть, то из него вылетят пёрышки. Или же какой-нибудь фермер покажет мне моё место на сеновале, как у Хайди. А если всё выйдет по-другому, или если мне что-нибудь не понравится, то я всегда смогу достать из кармана зеркало и снова исчезнуть.

— Поторопись! — сказал кролик. — Они уже ложатся спать!

Я и сама заметила, что в домах стали гаснуть первые огоньки. Но я же не кролик и быстрее быстрого идти не могла.

— Можешь меня понести, если хочешь! — предложила я.

Если уж я в настоящем мультфильме, то наверняка здесь возможно и такое. Ведь говорить же этот зверёк умеет...

Но оказалось, что всё не так просто.

— Я кролик! — возмутился он. — А не вьючный осёл. И не лошадь. — Он раздражённо запрыгал вперёд, время от времени оглядываясь, чтобы посмотреть, иду я за ним или нет.

Жаль, конечно, что он меня не понёс, но я подумала, что нельзя же получить всё и сразу. Может быть, завтра у меня появится возможность прокатиться верхом. Ведь на лугу стояли стреноженные лошади, а лошади мне ужасно нравятся.

Когда мы подошли к домам на окраине деревни, в них уже давно погасли огни. Но высоко в небе светила луна, и она была такая огромная, красноватая, круглая и такая светлая, что я различала каждый камень на дороге и каждую травинку за заборами.

— Какая красивая луна! — прошептала я. А кролик по-прежнему очень спешил.

— Скоро полночь! — сказал он. — Если Хозяин уже спит, будет очень трудно устроиться на ночлег!

Тут до меня дошло, что всё это время кролик точно знал, куда меня ведёт, и на мгновение я задумалась, а не сказать ли мне что-нибудь вроде «Ну уж не-е-ет, фу-у-у-у, мне это совсем не нужно. Пойду-ка я обратно домой и куплю маме чёрного хлеба. А торопить себя не позволю».

— Ох, слава богу! — воскликнул кролик. — В постоялом дворе ещё горит свет!

Я это тоже заметила. Прямо перед нами, на краю деревенской площади, стоял старый-престарый дом с покосившейся соломенной крышей. По его стенам вился дикий виноград, а над дверью в порывах ночного ветерка мягко колыхался герб с изображением луны на усеянном звёздами небе. В маленьких окошечках ещё горел свет, но в эту секунду огни начали гаснуть, как будто кто-то шёл и задувал свечи.

— Скорее, скорее! — подгонял меня кролик. — Хозяин ложится спать!

Я постучала в дверь.

Но если я ожидала, что дверь тут же отворится и меня встретит приветливый хозяин, то меня ждало разочарование. Окна оставались тёмными, и никто не вышел и не спросил, как девочка, которой едва исполнилось десять лет и которая ростом даже недотягивает до своего возраста, оказалась в такое время на улице одна. А ведь такой вопрос был бы вполне уместен.

— Попробуй ещё раз! — прошипел кролик и постучал лапкой в дверь. Получилось не очень громко.

— Эй, здесь есть кто-нибудь? — спросила я и немного подёргала за ручку. — Эй! Это я, Анна!

В доме по-прежнему было тихо. Если бы я только что не видела в окнах свет, я бы решила, что внутри все давно спят. Но я же знала, что это не так.

В доме было тихо и темно, и я вдруг поняла, что они там прячутся. От меня.

— Кролик, — прошептала я, — чего они боятся?

Я опустила руку в карман, нащупала зеркало и подумала, что, пожалуй, стоит вернуться домой. Если они не хотят видеть меня в своих чудны́х домишках и если у меня здесь нет шансов устроиться на ночлег и спокойно выспаться, то лучше уж вернуться через зеркало домой. Я ведь всё равно до конца не уверена, что хочу заночевать в этом чужом доме. Да ещё и в полном одиночестве. Конечно, я иногда ночую у Кати, а Катя ночует у меня, и мы в таких случаях всегда много дурачимся. Но в гостинице я ещё ни разу не оставалась — даже с мамой. Если бы не зеркало в кармане, я бы точно на это не решилась. Но ведь я могла вернуться в любой момент. Поэтому почти не боялась.

Кролик становился всё более нетерпеливым.

— Господин Хозяин? — позвал он и снова тихонько постучал в дверь мягкой лапкой. — Не глупи! Это ведь ребёнок! И она пришла с запада, в полнолуние!

И вдруг я услышала шорох. Судя по всему, за дверью кто-то стоял и прислушивался.

— В полнолуние! — повторил кролик. — И с запада!

Тут дверь слегка приоткрылась.

— С запада? — спросил встревоженный голос. Даже испуганный. Хотя и принадлежал мужчине.

— Если бы вы выставили часовых, то и сами бы увидели! — сказал кролик. — Какая безответственность, какое легкомыслие!

— С западной стороны мы никогда часовых не выставляем, — ответил голос. — С запада нам ничто не угрожает. — Дверь при этом отворилась немного шире.

— О, просто великолепно! — съязвил кролик. — И как же вы узнаете, когда исполнится пророчество?

Человек в доме вздохнул.

— Правда с запада? — спросил голос, и дверь отворилась настолько, что стало возможным заглянуть внутрь. И даже войти. — Сегодня действительно полнолуние.

— Заходи! — прошипел мне кролик и добавил: — Ну разумеется, полнолуние! Это вы и без часовых можете узнать! — сказал он низенькому толстому мужчине, который зажёг свечу от последних угольков в камине.

Где-то надо мной снова прокричала птица, но я не стала смотреть вверх. Я крепко обхватила рукой зеркало и, войдя внутрь, вдруг вспомнила, что у меня нет денег на гостиницу. Деньги на продукты я тратить не хотела: вряд ли это понравилось бы маме.

— Хорошо, заходите, — сказал хозяин. — Если вы пришли с запада.

Я не стала задумываться, почему это так важно и что он имеет против тех, кто приходил с востока, севера или юга. Я не задумывалась ни о чём, потому что всё без исключения здесь было чудны́м, диким и непривычным. Я просто выполняла то, что мне говорили.

Мне было любопытно. Какая же я тогда была глупая!

5

Добро пожаловать на постоялый двор

О том, что эта гостиница выглядела как в сказке, и упоминать не стоит. Как в компьютерной игре или в мультике, здесь были затёртые деревянные столы, лавки без спинки и очень много свечей, которые хозяин теперь зажигал одну за другой. Это была точно такая гостиница, какую всегда представляешь себе, когда вспоминаешь былые времена: с большим камином, маленькими оконцами и с полкой, заставленной тяжёлыми серыми кружками.

— Да, сегодня полнолуние, — сказал хозяин после того, как в камине снова заиграл огонь. — И вполне вероятно, что ты пришла с запада. Что ж, тогда добро пожаловать, — и он нерешительно протянул мне руку. — Но я ожидал кое-кого другого. Ты потом поймёшь.

Я подумала, что довольно глупо с его стороны — гасить все свечи, когда он кого-то ждал, и неважно, кого именно.

— Пророчество гласит...

— С запада! — перебил его кролик. — В полнолуние!

Я принялась вспоминать, что такое пророчество — каково точное определение этого слова. Человек не обязан владеть такими сложными понятиями в десять лет, и я решила спросить об этом чуть позже у кролика. Но не теперь — я не хотела, чтобы хозяин решил, что я глупая.

Тем временем хозяин внимательно окинул меня взглядом, сверху донизу.

— А кто даст мне гарантию, что вы не врёте? — с беспокойством спросил он. — Кто подтвердит, что вы не...

— Хозяин! — воскликнул кролик. — Она ребёнок! Какая в ней может быть опасность? Посмотри на неё!

Именно это хозяин только что и сделал.

— А вдруг она шпионка? — насторожился он. — Кто знает? Он хитёр и коварен. Он знает, что ребёнку поверят.

— Но ты же ей не веришь! — возразил кролик, и я подумала, что не понимаю ни слова из того, о чём они говорят, и что меня это не очень-то и интересует, потому что я устала, и если сейчас же не отправлюсь в постель, то вернусь домой.

Поэтому, и только поэтому, я достала из кармана зеркало, и огонь в камине вдруг зашипел и заискрился, озарив комнату ярким светом.

Хозяин ударил себя ладонью по губам.

— Зеркало! — прошептал он, тыча в меня пальцем.

— Зеркало, так и есть! — сказал кролик. — Этого доказательства тебе хватит?

Тут хозяин едва заметно поклонился.

— Теперь я рад тебе вдвойне, — сказал он и поклонился ещё раз, только ниже. — Тот-кто-приходит-из-зеркала! Разве я мог предположить, что это будет ребёнок, девочка! Прости, что я не сразу...

— Ах, да всё в порядке, — сказала я. Мне всегда становится неловко, когда взрослые начинают заикаться от смущения. Вовсе не обязательно так долго рассыпаться передо мной в извинениях.

— Тот-кто-приходит-из-зеркала! — снова прошептал хозяин, и я заметила, что он сильно взволнован. — Тот-кто-приходит-из-зеркала!

Я понимаю человека, который испытывает волнение, когда кто-то является к нему из зеркала, — ведь это довольно-таки необычный способ путешествовать. Но так странно на меня таращиться у него не было нужды.

— Да, мне и самой это кажется странным, — призналась я. Я не стала говорить, что по идее меня следовало бы называть «Та-что-приходит-из-зеркала». Ведь я как-никак девочка. Я испугалась, что если об этом заикнусь, он снова несколько часов будет извиняться, а мне уже очень хотелось спать. — Кролик сказал, что у вас можно переночевать.

Хозяин кивнул, улыбнулся и подал знак следовать за ним.

— Как же долго мы тебя ждали! — пробормотал он, и я стала надеяться, что мама не произнесёт те же слова, когда поздним вечером я вернусь домой с корзинкой с продуктами, — ведь Страна-по-ту-сторону не потратит моего времени.

— Как давно у меня не останавливались гости! Твоя комната готова! — объявил он и открыл дверь. Разумеется, комната выглядела точно так, как я её себе представляла. — Постель взбита! — и хозяин указал на очень толстое одеяло. — Я каждый день взбивал её с тех пор, как...

— Об этом расскажешь завтра, — бесцеремонно перебил его кролик. — Ты же видишь, что она мёртвая от усталости. Дай ей как следует выспаться. Всё остальное сделаете завтра.

Хозяин стоял на пороге и улыбался.

— Раз уж мы так долго ждали, — сказал он и посмотрел на меня так, как смотрит только моя бабушка, когда я преподношу ей на день рождения какую-нибудь особенно красивую поделку, — то подождём ещё одну ночку. Добрых снов, дитя моё. Добрых тебе снов, Тот-кто-приходит-из-зеркала, и спасибо, что пришла. — И он тихонько закрыл за собой дверь.

Я так устала от долгого похода, что не стала задумываться над его странными словами. Постель выглядела мягкой, уютной и старомодной, а на меховом коврике на полу у кровати уже растянулся кролик.

— Доброй ночи! — пробормотала я и укрылась одеялом. — Как здесь всё-таки странно... — И прохладный хлопковый пододеяльник мягко коснулся моей кожи.

Но перед сном я ещё быстренько взглянула в зеркало. Спокойствия ради. Ведь на следующий день я собиралась вернуться домой.

Серый грузовик всё ещё стоял перед светофором, и я осторожно положила зеркало на ночной столик. В Стране-по-ту-сторону я переночую всего один раз.

Так я думала.

6

Первое утро

Я проснулась оттого, что сквозь шторы просачивалось солнце. В комнату с улицы долетали приятные приглушённые звуки, совсем не такие, как дома: ни рёва двигателей, ни визга тормозов, ни грохота огромных экскаваторов, которые уже полгода роют возле нас тоннель для новой ветки метро.

Здесь я слышала детский смех и гоготанье гусей; радостно блеяли овцы, а по деревенской улице грохотали телеги.

— Ух ты! — воскликнула я — и мгновенно вспомнила, где нахожусь.

На полу всё ещё лежал кролик; он был явно раздражён.

— Наконец-то! — пробурчал он. — Наконец-то проснулась. Вижу, ты во всём более медлительная, чем остальные люди.

У меня не было никакого желания злиться. Я причесала пальцами волосы и, налив из кувшина воды в таз на табуретке, умылась и сполоснула руки. Ду́ша на постоялом дворе не было.

— Люди уже заждались, — нетерпеливо произнёс кролик. — Но я не хотел тебя будить. Тебе понадобится много сил, и неизвестно, когда в следующий раз посчастливится спать в постели.

Мне захотелось покрутить пальцем у виска, поскольку совершенно очевидно, что этим вечером я снова буду спать в своей постели, на своей собственной двухъярусной кровати со шторками в синюю полоску. После того как схожу за покупками. Но вместо этого я просто убрала зеркало в карман брюк и спустилась по лестнице.

В гостиной царила суета. Утреннее солнышко проникало сквозь маленькие оконца и падало на до блеска натёртые столы, но лавки перед столами были пусты. Люди — мужчины, женщины и дети — толпились в дверях и смотрели в мою сторону.

— Доброе утро, — вежливо поприветствовала их я. Я высматривала среди них хозяина, потому что хотела поблагодарить его за бесплатный ночлег. Но, видимо, здесь проходило собрание и у него нашлись другие дела.

— Доброе утро! — ответили мне люди и приветливо закивали. — Доброе утро, доброе утро! — И они просто продолжали стоять на месте и смотреть на меня.

Я сочла такое поведение слегка ребяческим, но в этом мультяшном мире меня уже мало что удивляло. Не успела я ещё раз подумать, зачем они все собрались здесь столь ранним утром, как в комнату вошёл хозяин с дымящейся кружкой и тарелкой с хлебом.

— Доброе утро, Тот-кто-приходит-из-зеркала! — сказал он. — Вот твой завтрак. Надеюсь, ты хорошо отдохнула?

Я поблагодарила его и ответила, что отдохнула очень хорошо.

— Весть о твоём прибытии облетела всю округу, — продолжил хозяин и указал на толпу людей в дверях. — Все эти жители явились сюда, чтобы тебя поприветствовать.

— Ой! — воскликнула я и попыталась спрятаться за стол, насколько это было возможно. Неловко, когда на тебя так таращатся, а ещё я подумала, что в этой деревне наверняка редко что-то происходит, раз из-за одной меня тут собралась такая толпа. Дома уж точно никто бы не пришёл ко мне понаблюдать, как я завтракаю. И никто не согласился бы встать пораньше, чтобы на меня посмотреть.

— Они все желают тебе удачи, — сказал хозяин, и люди что-то забормотали и заулыбались, показывая на меня. — Они так рады, что ты пришла.

— Да, большое спасибо, — вежливо поблагодарила я и отодвинула в сторону тарелку и кружку. Очень трудно есть, когда на тебя смотрит столько народу. — Мне бы хотелось пройтись по окрестностям.

Хозяин кивнул и отодвинул стол в сторону.

— Да-да, — сказал он. — Конечно, это нужно сделать в первую очередь. — И он подал знак людям в дверях, чтобы они расступились и позволили мне выйти на улицу.

Все поспешили освободить для меня место, и я почувствовала себя немного поп-звездой, с изумлением осознав, что это не такое уж приятное чувство. Кролик всё время следовал за мной.

— Ну, спасибо! — сказал он, когда мы вышли из гостиницы. — Ты опять всё испортила.

Я больше не собиралась его слушать и поэтому ничего не ответила. Я хотела всё спокойно рассмотреть, прежде всего лошадей, а затем вернуться домой и наконец-то сходить за продуктами.

В деревне на лужайке паслись ягнята, а маленькие козочки носились друг за другом и игриво подпрыгивали в воздух, отрывая от земли все четыре копытца, словно демонстрируя мне фокусы. Я немного за ними понаблюдала, но когда рядом нет никого, с кем можно посмеяться и разделить свою радость, зрелище уже не кажется таким интересным.

Нарвав одуванчиков, я направилась к лошадям, и кобылы со своими жеребятами повернули ко мне головы, неторопливо подошли к забору и стали тянуть ко мне свои мягкие губы.

— Смотри, кролик! — воскликнула я. — Они совсем ручные! Они едят у меня из рук!

— И что с того? — пробурчал кролик. — Лошади всегда так делают.

Но в нашем районе лошади так не делали, потому что их там не было, и я, воспользовавшись случаем, просунула траву через забор, и лошади осторожно брали её из моих рук большими мягкими губами. А я гладила их по носу.

— Как ты думаешь, мне можно прокатиться верхом? — спросила я.

Кролик не ответил, и я обернулась на него посмотреть. И увидела, что за моей спиной снова стоят люди из гостиницы, возможно, их стало даже больше, и с улыбкой смотрят на меня.

Мало того, что они пожелали мне доброго утра на постоялом дворе, так им ещё нужно было тащиться за мной, куда бы я ни пошла. Конечно, у них не было ни телевизоров, ни всего остального, чем можно заняться, когда тебе скучно, но такой уж важной достопримечательностью я всё-таки не являлась. Тогда уж заплатили бы хотя бы за вход.

— Всё, кролик, с меня хватит, — заявила я. Разве можно спокойно кормить лошадей, когда рядом стоят по меньшей мере двадцать взрослых и смотрят на тебя с таким восхищением, как будто это заключительный матч чемпионата мира по футболу. — Я возвращаюсь домой, — и я достала из кармана зеркало.

Не исключено, что я и наведалась бы сюда ещё разок, хотя уже и не тешила себя большой надеждой, что кто-то из здешних поможет мне с заданиями по математике. Но не исключено, что я бы вернулась, когда мне захотелось бы погладить лошадей.

— Чао, я ухожу.

— Нет, подожди! — воскликнул кролик. В его голосе звенела паника.

Люди смотрели на меня округлившимися глазами и выглядели не менее испуганными, чем кролик. На берёзе рядом с конюшней снова закричала птица.

— И не пытайся! — твёрдо произнесла я. Я не позволю им пялиться на меня без остановки только потому, что им совершенно нечем себя развлечь! Но заглянуть в зеркало мне не удалось.

— А твоя корзинка? — взволнованно напомнил кролик. — Со всеми деньгами. Как ты пойдёшь в магазин без денег?

Я шлёпнула себя по лбу. Корзинка-то осталась в моей комнате на постоялом дворе, и, разумеется, кролик прав. Хлеб в супермаркете мне бесплатно не дадут, даже если я и объясню, почему пришла без денег. Скорее всего, меня примут за сумасшедшую. Поэтому я убрала зеркало в карман и направилась обратно в деревню. Местные жители как будто вздохнули с облегчением.

Солнце сияло, на краю лужайки цвела сирень, и в одном кустике, названия которого я не знала, четыре крошечных птенчика высунули из гнезда свои головки, когда к ним подлетела мама. Она готовилась накормить их зажатым в клюве червячком. Воздух был мягким, и я почувствовала себя как в тот день прошлым летом, когда мама поехала со мной в лес и мы устроили пикник на стволе упавшего дерева, а потом пускали в ручейке кораблики из коры. В Стране-по-ту-сторону было по-летнему прекрасно, вот только мамы не хватало.

А потом я наконец заметила дым.

— Кролик! — крикнула я. — Там что-то горит!

Это было совсем рядом, за деревней, прямо за домами. Там лужайки уже не светились зелёным цветом и не пестрели так ярко, а деревья протягивали к небу голые ветви.

— Там что-то горит, кролик, ну посмотри же! — крикнула я. На горизонте в небо поднимался дым. Над землёй чёрными покрывалами нависли мрачные облака, и деревья зачахли, а поля опустели, как будто и здесь когда-то бушевал огонь. — Почему никто его не потушит?! — Я повернулась к людям, которые стояли как вкопанные, обомлевшие, как и я, и их лица вдруг стали серьёзными и печальными. — Почему вы ничего не делаете?! Вы же должны это потушить!

Но жители только молча смотрели на меня, и издалека на нас надвигалось облако дыма.

— Такое не потушишь, — объяснил кролик. — Пожар будет полыхать до тех пор, пока не появится Воин.

Но я не хотела этого знать. Мне вдруг снова стало не по себе, как по пути в супермаркет, когда я впервые заметила, что нахожусь в Стране-по-ту-сторону. Мне стало одиноко и хотелось лишь одного — вернуться домой.

— Я схожу за своей корзинкой, — сказала я и резко отворила дверь на постоялый двор. На табличке над дверью молча сидела крупная птица.

Возможно, я уже давно знала, что захожу в дом не только для того, чтобы забрать корзинку и деньги.

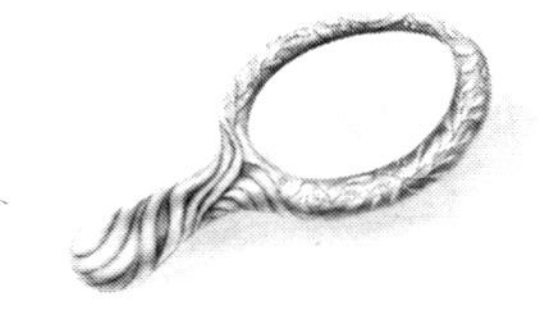

7
Пророчество

В гостиной стоял хозяин и смотрел на меня.

— Ты увидела то, что хотела? — спросил он. — Ты увидела то, что должна была увидеть?

— Я забыла корзинку, — сказала я и собралась пройти мимо него в свою комнату.

Но хозяин схватил меня за руку.

— Мы уже так долго ждём, — сказал он. — Мы уже так долго тебя ждём.

У меня закружилась голова, и мне стало по-настоящему дурно.

— Почему именно меня? — прошептала я. Хотя уже давно знала почему. Думаю, я осознала это в то мгновение, когда кролик объяснил мне, что тот огонь нельзя потушить. Пока не придёт Воин.

— Мы ждём Того-кто-приходит-из-зеркала, — серьёзно сказал хозяин. — С запада. В полнолуние.

— Тут какая-то ошибка! — крикнула я и вырвалась из его рук. — Я просто шла в магазин!

— Ошибка?! — фыркнул кролик. — Думаешь, я способен принести зеркало не тому человеку?

Тогда я поняла, зачем у него на шее маленький мешочек — в нём-то он и принёс мне зеркало.

— Не бойся, — сказал хозяин и жестом пригласил меня сесть на скамью. — Всё происходит так, как сказано в пророчестве. Храбрый Воин, который явится сюда из зеркала. При полной луне.

— Но я не храбрый воин! — воскликнула я. — Я не умею сражаться! Я даже дзюдо не владею!

Хозяин опустил мне на руку свою ладонь.

— Не бойся, — повторил он. — Ведь зеркало всегда при тебе. Ты в любой момент можешь вернуться.

Я почувствовала большое облегчение и схватилась за карман. Зеркало было на месте. Я могла вернуться домой.

То, что рассказывал хозяин, меня больше не пугало: в моём кармане лежало зеркало, и я могла уйти как только захочу.

— А о чём в нём ещё говорится? — поинтересовалась я. — В пророчестве?

В дверях снова собрались люди. Они молча смотрели на меня.

— В нём говорится, что ты нас освободишь, — сказал хозяин, глядя мне прямо в глаза. — Освободишь от Дикого Деспота.

Он произнёс эти слова, и люди с криками вломились в дверь. На мгновение стало темно; вдали прогремели раскаты грома.

— Тот-кто-приходит-из-зеркала нас освободит.

Если бы я всё это время не ощущала в кармане зеркало, я бы, скорее всего, потеряла сознание.

Нет, ну представьте! Я просто вышла в магазин за покупками. Наверное, окажись на моём месте Алекс, который занимается карате по вторникам и четвергам, или хотя бы один из мальчишек из моего класса, которые постоянно дерутся на переменках, они бы, возможно, даже обрадовались такому заданию.

Но только не я, не я! Мне совсем не нравится ходить в синяках и ссадинах, и я вовсе не сильная. Я знала наверняка, что я не тот человек, который им нужен. Просто я очень любопытная, и из-за этого и прежде не раз попадала в передряги.

— А кто это — Дикий Деспот? — спросила я — и буря, едва успокоившись, снова разразилась, и гром, едва затихнув, снова загремел.

Собравшиеся на пороге люди от ужаса закрыли лица руками.

— Он царствует в Зловещих Горах, — объяснил хозяин. — Позади Бурной Реки. Там с незапамятных времён стоит его замок. Оттуда он начал завоёвывать эту страну: Бескрайнюю Пустыню, Лес-из-которого-не-возвращаются и Прелестный Край. Все эти территории он подчинил себе, а также камни и воду, растения и животных. Отныне они служат только ему: это создания Дикого, имени которого мы не называем. Он вплотную подошёл к поселениям людей, к нашей деревне, но мы, люди, воспротивились ему, чем вызвали его гнев. Мы стали единственными, кого ему не удалось себе подчинить, как бы он ни пытался.

— Почему не удалось? — прошептала я.

Хозяин встал и указал на стоящих в дверях людей.

— Потому что у нас есть сердце, — сказал он. — И пока мы знаем, где добро, а где зло, Деспот не сможет нас поработить. — И под завывания бури и раскаты грома люди кивнули и выжидательно уставились на меня.

— Иногда я и сама точно не знаю, — пробормотала я, — где добро, а где зло. — Я задумалась, является ли настоящим злом, когда ябедничают или списывают домашнюю работу, или всё-таки истинное зло — это стащить чужой ластик. — Иногда мне очень трудно отличить одно от другого.

Хозяин меня не слушал.

— Затем до нас каждый день стали доходить новости из деревень, попавших в его руки, — продолжал он. — Но уже несколько месяцев мы не получали от них ни весточки. Больше ни от кого.

В дверях кто-то заплакал, хотя там стояли одни взрослые.

— Вероятно, он нашёл средство поработить и людей. Мы последние, кто даёт ему отпор. Но и нас с каждым днём становится всё меньше, — сказал хозяин. — Мужчины уходят в поле собирать урожай — и не возвращаются. Мы последние, кто остался, и мы почти утратили надежду. Мы жили без надежды, пока не появилась ты.

Я слушала его — и моё сердце забилось чаще, а руки задрожали. Но ведь зеркало было по-прежнему при мне, и я по-прежнему могла уйти.

— И вот ты явилась к нам прошлой ночью, как предвещало пророчество, — продолжил хозяин. — И сейчас ты должна принять решение. Ты — Тот-кто-приходит-из-зеркала, и тебя ждёт твоя миссия. Только ты способна нам помочь. Но ты по-прежнему можешь вернуться домой.

— Почему вы сами себе не поможете? — спросила я. Я бы даже и пытаться не стала: слишком уж хорошо я себя знаю. Я не из тех, кто может сразиться со злодеем, от одного имени которого начинался ураган, облака превращались в тучи и громыхал гром! Я бы даже и Алекса не одолела.

— Мы пытались, — признался хозяин. — Мы пытались — снова и снова. На борьбу с Диким выходили мужчины и женщины. Но никто не вернулся. Они считаются пропавшими, и мы больше о них не слышали. Он убил их или превратил в своих приспешников — заколдовал их, как заколдовал камни и воду, растения и животных. Так мы и начали верить в пророчество: в то, что победить его сможет только Храбрый Воин.

— Но я никакой не Храбрый Воин! — крикнула я. Мне хотелось, чтобы они взглянули на меня ещё раз и осознали, что Храбрый Воин так выглядеть не может: мне всего десять лет, и у меня нет ни единого шанса побороть того, кто уничтожил почти целую страну.

— Ты пришла из зеркала, — сказал хозяин и наклонился к кролику. — Объясни ей! Скажи, что ей нужно сделать!

Однако кролик сидел рядом с нами и делал вид, что не понимает ни слова.

— Кролик! — крикнул хозяин. — Объясни ей, какая миссия её ждёт!

— Прости, что ты сказал? — испуганно переспросил кролик. — К сожалению, я не...

— Скажи ей, что она должна это сделать! — крикнул хозяин. — Что она единственная, кто на это способен! Потому что это было предопределено!

Кролик невозмутимо почесал за ухом.

— Конечно, конечно, — пробормотал он. — Так сказано в пророчестве: что Дикого победит лишь Храбрый Воин, который явится из зеркала. — И кролик снова растянулся на полу, сделав вид, что пересчитывает доски.

— Но я в этом совершенно не разбираюсь! — сказала я. — В сражениях! Я даже такие фильмы по телевизору не смотрю! Я понятия не имею, как это делается!

Хозяин мне не ответил и только продолжал на меня смотреть. Люди в дверях делали то же самое.

— Я обязательно ошибусь! — продолжала я. — И станет ещё хуже!

Хозяин кивнул.

— Я хочу быть с тобой честным, — сказал он. — Мы тоже удивились, увидев тебя. Мы надеялись, что Храбрый Воин будет сильным и крепким. Но сложилось так, как сложилось. Только ты можешь исполнить пророчество, и только ты можешь нам помочь. Ты одна. Не исключено, что ты будешь ошибаться. Возможно, тебе не удастся победить Дикого, и тогда мы пропадём. Всё может быть, девочка, и мы это знаем. Но если ты не попытаешься, нам больше никто не поможет. Если ты не хочешь даже попробовать — значит, Дикий сейчас уже одержал победу.

Только тогда я поняла, как глубоко в этом увязла.

— Я не хочу! — прошептала я. — Пожалуйста, я не хочу этого делать!

В комнате стало так тихо, будто все перестали дышать. Так отчаянно они ждали.

— У него мой сын! — сказала одна пожилая женщина. — Мой младшенький! У него мой сын!

— Я хочу домой, — прошептала я. — Ну не могу я за это взяться!

Тогда хозяин положил ладони мне на плечи.

— Думаешь, мы тебя не понимаем? — мягко спросил он. — Он чудовище, этот Дикий, а ты ещё ребёнок! Мы бы с радостью освободили тебя от *твоей* миссии! Каждый из нас! Но это твоя миссия, девочка. Она предназначена тебе, и никто другой за тебя её выполнить не сможет.

На глаза навернулись слёзы — ведь мне предстоит сделать то, о чём я с уверенностью могу сказать, что сделать этого не смогу. Ввязываться в это было очень глупо — и опасно. Но если я не попытаюсь — значит, Дикий уже победил.

Я прижалась к груди хозяина, совершенно чужого для меня человека, и заплакала, а он обнял меня и принялся успокаивать.

— Знаю, знаю! — тихо промолвил он. — Тебя ждёт что-то страшное, а ты ещё совсем дитя!

Тогда я нащупала в кармане зеркало и решила немедленно вернуться домой, независимо от того, что здесь будет происходить. Какое мне до всего этого дело? Я эту миссию не выбирала. Да и почему именно я? Достаточно посмотреть в зеркало — и я тут же окажусь на лужайке возле своего дома. Я скажу маме, что корзинку и деньги потеряла по дороге. Мама станет ругаться и злиться, а я лягу в постель — и всё останется в прошлом. И плакать незачем. Я могу вернуться домой.

— Знаю, девочка, знаю, — снова прошептал хозяин, и я представила себе, как лежу дома на двухъярусной кровати со шторками в синюю полоску, мягкой и тёплой. Но одновременно я думала о том, как прекрасно могло быть в этой деревушке и что теперь всё пропало. Только из-за того, что я не решилась сразиться с Деспотом.

Тогда я поняла, что теперь точно не смогу уснуть, а в школе не сумею сосредоточиться. Я буду постоянно думать о Стране-по-ту-сторону, о Деспоте и обо всех людях, которых он поработит. А также лошадей с их милыми жеребятами. А всё потому, что я не захотела даже попытаться.

Люди в дверях принялись хлопать в ладоши.

— Она согласилась! — кричали они. — Она за это возьмётся! Она нас спасёт!

— Ну да, ну да, — пробормотал кролик. Он по-прежнему делал вид, что пересчитывает доски на полу.

8

Его единственное оружие – его отвага

Мужчины и женщины окружили наш стол.

— У него моя дочурка, — сказала одна женщина и погладила мою щёку. — Она даже младше тебя. Во время сбора урожая она понесла еду в поле.

— У него наши мужья! — воскликнули две молодые женщины. — Они отправились в поход против него — и не вернулись.

— У него моя жена! — заплакал старик. — Мы прожили вместе всю жизнь, и вот он отнял её у меня.

— Ты уйдёшь ночью, — сказал хозяин, жестом попросив людей замолчать. — По Каменистой Степи. Там мало кустов, за которыми можно спрятаться, и все они — создания

Дикого. А его головорезы всюду, и они такие же злые и беспощадные, как и он сам.

По моей спине пробежали мурашки, но, несмотря на это, я почувствовала себя лучше. После того как я решилась принять этот вызов, мне стало хорошо. Я подумала, что это даже классно, что для исполнения пророчества выбрали именно меня, а не силача Алекса, и не умницу Ассал, и даже не очаровательную и всеми любимую Катю. Выбрали именно меня, хотя я самая что ни на есть среднестатистическая девочка, и никто мне не объяснит, почему вышло именно так.

В сказках принцам всегда полагается выполнить какое-то задание, а принцем я уж точно не была. Скорее самым младшим или самым глупым сыном короля — хотя безнадёжно глупой меня всё-таки тоже не назовёшь. Если бы для пророчества требовался самый умный ребёнок, кролик передал бы зеркало Ганзи из моего класса: ведь все контрольные по всем предметам он пишет на пятёрки.

В некоторых сказках, напротив, выбирают ребёнка бедного-пребедного, страдающего от голода и холода и абсолютно несчастного — и это тоже не про меня. Или одинокого ребёнка, сироту, родители которого умерли. А мои всего лишь развелись.

Я подумала, что, скорее всего, никогда не узнаю, почему Храбрый Воин — это я, но раз уж так гласит пророчество, значит, так оно и есть. Значит, я как-нибудь справлюсь. В сказках герой всегда справляется со всеми испытаниями, если так предназначено ему судьбой.

На крайний случай у меня припасено моё зеркало. Если надо мной нависнет угроза, я всегда смогу слинять. Так что по-настоящему опасным это приключение всё же не было.

Я представила, как расскажу об этом в школе.

«Кстати, вчера вечером я освободила Страну-по-ту-сторону», — вскользь упомяну я в разговоре с Назрин или Катей, когда мы будем уплетать бутерброды на переменке в школьном дворе. А для доказательства достану из кармана зеркало.

С каждой минутой мне всё больше хотелось поскорее приступить к действию.

— Что именно от меня требуется? — спросила я у хозяина. — Что конкретно я должна сделать, чтобы победить этого преступника? — Его имя я не хотела произносить из осторожности — а то вдруг из-за бури ещё что-нибудь перевернётся и опрокинется.

— Этого мы не знаем, — признался хозяин, и люди закивали. — В пророчестве говорится, что ты будешь искать и настигнешь его в его замке. А потом ты его победишь, и страна будет освобождена — камни и вода, растения и животные и все люди, оказавшиеся в его власти. Но как это произойдёт — об этом в пророчестве не говорится.

Я слегка разозлилась — ведь это означает, что теперь мне придётся самой придумывать, что предпринять, — но потом подумала, что если пророчество говорит, что я его отыщу, то так оно и будет. Ведь пророчества никогда не врут. И тогда совершенно не важно, где именно я начну его искать.

— Я пойду туда, где полыхает пожар, — заявила я. — С чего-то же нужно начать.

На лицах людей отразился испуг, но хозяин спокойно сказал:

— Кузница. Оттуда никто не вернулся. Там только пламя и дым. И Алин-кузнец пропал.

— Может, вы дадите мне лошадь? — спросила я. Разумеется, ездить верхом я не умею: брать уроки верховой езды для нас с мамой слишком дорого. Но я дважды бывала на празднике по стрельбе, и там мне разрешали покататься на лошади по кругу. Это было очень приятно. — На лошади будет быстрее.

Если уж мне предначертано быть в этой стране Храбрым Воином — значит, и ездить верхом я сумею. Не так уж это и сложно.

— «Он идёт по равнинам размеренным шагом, — процитировал хозяин. — Он пересекает реку и взбирается на горы». Так говорится в пророчестве. О лошадях там ни слова.

Я не стала указывать ему, что, возможно, не стоит принимать пророчество так буквально. Ведь освободителем должен был стать мужчина или юноша, а на деле Воином оказалась я. Значит, под ходьбой вполне могла иметься в виду верховая езда. Но я поняла, что спорить бессмысленно.

— Может, меч? — спросила я. — Меч-то вы мне дадите?

Конечно, я ещё ни разу не держала в руках меч и совершенно не была уверена, что смогу им пользоваться. Обычно мечом отрубают голову врагу или пронзают его прямо в сердце! Я сомневалась, что смогу это сделать. Даже встретившись с Диким Деспотом.

Но сам Дикий не мог об этом знать, и если бы я явилась в его крепость с мечом в руке, то хотя бы выглядела сурово. А это самое меньшее, к чему нужно стремиться, когда хочешь кого-то одолеть.

— Его единственное оружие, — хозяин покачал головой, — его отвага. Так говорится в пророчестве. Единственное оружие Храброго Воина — его отвага. Нам не следует это нарушать.

— Ну хотя бы перочинный ножик? — осторожно спросила я, но кролик фыркнул и спросил, доводилось ли мне слышать о каком-нибудь герое, который сражался перочинным ножом.

О таком я не слышала. Но я не слышала и о героине, которой всего десять лет, а ростом она и того ниже.

— Вы не дадите мне ничего? — на всякий случай уточнила я. — Я выступаю в военный поход совершенно безоружной?

Хозяин кивнул:

— Так гласит пророчество.

Но совсем безоружной я всё-таки не была. В моём кармане лежало зеркало, и в крайнем случае я всегда могла сбежать домой. Но упоминать об этом при собравшихся здесь людях я не стала.

Со мной ничего не случится. Даже без лошади и без меча. Я всегда могу вернуться домой.

— Ладно. Без всего — так без всего, — согласилась я.

Какой же дурочкой я тогда была!

9

Каменистая Степь

Мы тронулись в путь, когда на землю стали надвигаться сумерки.

— Удачи, девочка, удачи, — прошептал хозяин, на прощание махнув рукой. — Береги себя. Мы все желаем тебе удачи. Наши мысли будут всегда с тобой, Храбрый Воин.

— И я, конечно, тоже буду с тобой, — со вздохом произнёс кролик. — И не только мысленно. Идём.

— Разве в пророчестве сказано, что Храброго Воина сопровождает кролик? — на всякий случай спросила я у хозяина, но кролик меня прервал.

— Но там не сказано «Храброго Воина *не* сопровождает кролик», — заметил он. — Поэтому пророчества мы не нарушаем. Так чего мы ждём?

Хозяин задумчиво посмотрел на нас и кивнул.

— Спутник тебе не помешает, — сказал он. — Прощай, девочка, прощай! — Он развернулся и исчез в тени домов.

Я осталась одна.

Да, кролик по-прежнему был со мной — но какой толк в кролике, если собираешься сразиться со злодеем?

Я была одна, и передо мной простиралась серая Каменистая Степь, а на горизонте грозно полыхал огонь. Приключение началось.

— Кролик? — сказала я и достала из кармана зеркало. — Я посмотрюсь в него один разок, хорошо?

Передо мной лежала равнина, мрачная и опасная, и я была совершенно одна; у меня не было ни лошади, ни меча, и я поверить не могла, что я достаточно сильная, чтобы справиться со своей задачей. Я должна была ещё раз заглянуть в зеркало. Ещё раз проверить, действительно ли смогу вернуться в любой момент. После этого я собиралась исполнить пророчество.

— Нет! — воскликнул кролик, но я уже ушла.

Серый грузовик на светофоре только-только начал движение, а по ту сторону улицы бежали Миша и Алекс — надо же, Алекс! Лёгок на помине.

Всё здесь вдруг показалось мне чужим и нереальным — почти как прежде Страна-по-ту-сторону.

— Всё в порядке, — сказала я и перевернула зеркало. В сумерках кролик сидел рядом со мной на потрескавшейся от засухи земле и смотрел на меня во все глаза.

— Я решил, что ты хочешь отказаться от своей миссии. Я думал, ты больше не вернёшься.

— Чепуха! — воскликнула я и посмотрела через степь вдаль, туда, где полыхал огонь. Я понятия не имела, сколько нам туда идти. — Почему здесь всё такое серое?

Кролик прыжками рванул вперёд, затем снова вернулся ко мне.

— Это из-за сумерек, — объяснил он. — Из-за сумерек и пепла. И из-за Дикого Деспота.

И сквозь бурю и гром я разглядела пепел и копоть, которые лежали на всех поверхностях, лишив их цвета. Но сквозь черноту сажи и серость пепла проглядывала и другая чернота: она заключалась в самих предметах и появилась не из-за сумерек и не из-за огня. И я поняла, что это такое.

— Дикий Деспот, — прошептала я, и молния расколола небо надвое, и в её ослепительном свете я разглядела вдалеке тысячу точек. Они двигались и становились всё крупнее. Они приближались к нам.

— Не произноси его имя! — воскликнул кролик. — Ты же видишь, к чему это приводит!

Но именно в то мгновение, возможно, было и кстати, что сверкнула молния и прогремел гром. В свете молнии мы разглядели их: фигуры людей и лошадей, галопом несущихся по равнине — так быстро, что казалось, будто они летят. Они приближались — они шли прямо на нас.

— Кто это, кролик? — спросила я. Хотя уже знала ответ.

Ведь теперь они были так близко, что дрожала земля, и я увидела всадников и лошадей в тяжёлых доспехах, и ответ мне был уже не нужен.

— Его бандиты! — вскричал кролик. — Он отправил их, чтобы они тебя поймали! — И с этими словами он нырнул в густые заросли. — Значит, он знает, что ты здесь, — прошептал кролик, когда ветки сомкнулись и надо мной. — Он отправил их тебе навстречу.

Тут я подумала, что прятаться бессмысленно. Они прискачут, схватят меня и отвезут к Дикому.

Лошади были совсем рядом, и я чувствовала, как колотится моё сердце, будто готовясь разорваться на части.

— Они нас найдут, кролик! — прошептала я. — Они нас схватят, непременно схватят!

Раздался грохот копыт, их гул был невыносимо громким, как и ржание лошадей, и сквозь эти звуки я различала яростные крики бандитов, издаваемые жуткими голосами. Я зажала уши; я знала, что они меня найдут.

Но они проскакали мимо.

Когда я осознала, что грохот копыт стихает, как и голоса всадников, я не поверила своим ушам. Я обхватила голову руками, свернулась калачиком и осталась лежать среди веток.

— Они нас не заметили, — с облегчением вздохнул кролик. — Можешь выходить. На этот раз опасность миновала.

Но я не шевелилась. Они ведь могут вернуться в любой момент!

— Храбрый Воин! — воскликнул кролик. — Что ж, большое спасибо! Если ты теряешь голову при первом же столкновении с головорезами...

Тогда я подумала, что мне следовало бы вести себя так же отважно, как кролик, и, осторожно опустив руки, села.

Над равниной висел такой мрак, что уже нельзя было различить даже очертания редких деревьев и кустарников. Только далеко-далеко в небе ещё алело зарево пожара.

— Больше тебя никто не найдёт! — успокоил меня кролик. — Если не будешь вести себя совсем глупо. Уже слишком темно.

Издалека доносились едва слышные раскаты грома, и мне по-прежнему было страшно.

— Пока мы в безопасности, — повторил кролик. — До рассвета мы под прикрытием темноты. Если будем действовать благоразумно и осмотрительно, то за это время успеем дойти до кузницы.

Я выбралась из кустарника и последовала за ним через степь, и мы шли к огню, к зареву на горизонте, и постепенно стало казаться, что оно приближается.

Порой нам чудилось, что грохот копыт становится громче, но затем звук удалялся. Если мы будем действовать благоразумно и осмотрительно, его прислужники нас не найдут. По крайней мере, этой ночью.

Затем я вдруг кое-что вспомнила, остановилась и хлопнула себя по лбу.

— Кролик! — воскликнула я. — Ну и дурочка же я! — Как я могла забыть о зеркале?! Ведь в минуту опасности я могла запросто сбежать — достаточно было взглянуть в зеркало. Но тогда я об этом даже не подумала — я была парализована страхом и отчаянно пыталась спрятаться. — Нет, правда, кролик! У меня ведь есть зеркало! — Я полезла в карман, надеясь снова ощутить это приятное, надёжное чувство и снова поверить, что в любой момент могу вернуться домой.

Но в кармане было пусто. Зеркало пропало.

10
Потерянное зеркало

— Подожди, кролик! Остановись! — вскричала я. Теперь огонь был совсем близко, и я услышала над головой хлопанье крыльев. Птица следовала за нами. — Кролик, зеркало исчезло!

Кролик резко остановился и обернулся.

— Исчезло?! — воскликнул он.

И только тогда я по-настоящему поняла, что произошло. Только тогда, услышав в его голосе панику, я осознала, что это значит — остаться в Стране-по-ту-сторону без зеркала.

— Зеркало исчезло! — прошептала я, упала на землю и закрыла глаза.

Я находилась в Стране-по-ту-сторону и больше не могла вернуться домой! Я выступила в поход, чтобы сразиться с Деспотом, но больше не могла скрыться от преследующих меня головорезов. До этого всё было похоже на приключение, из которого я могла выйти в любой момент. А теперь это превратилось в настоящее безрассудство.

— Я хочу домой! — прошептала я. — Я хочу немедленно вернуться домой!

Но кролик не стал меня утешать.

— Как можно быть такой глупой! — негодовал он. — Как можно было потерять зеркало! Не исключено, что это единственный предмет, который помог бы тебе побороть Дикого! Без зеркала мы пропали!

— Мы его поищем, — с опаской произнесла я. Как-никак я была Храбрым Воином из пророчества! Не могло же всё закончиться так быстро и не могла же Страна-по-ту-сторону навеки перейти в руки Деспота лишь потому, что я потеряла зеркало. А ещё и ночи не прошло с тех пор, как я выступила в поход!

— Мы его поищем, кролик! Идём, помоги мне! — И я стала ощупывать руками землю впереди себя, сзади, справа и слева. Тьма была такая непроглядная, что я не видела ничего, кроме красного зарева на горизонте.

— Поищем! — фыркнул кролик. — И как же, позволь узнать? И где? Хочешь проползти через всю степь и перерыть её голыми руками? При том, что вокруг кишмя кишат приспешники Дикого?!

Я встала на ноги. Сквозь мрак доносился грохот копыт. Кролик прав: как мы найдём зеркало, если даже не знаем, где я его потеряла?

Оно могло остаться в кустах, куда мы шмыгнули, завидев головорезов, или валяться всего в трёх шагах от меня. Возможно, оно выпало из кармана в самом начале пути — или же в самом конце. Где бы оно ни находилось, мы не знаем, где оно, а ночь такая чёрная, и над равниной раздаётся топот копыт.

— Ты прав, кролик, — согласилась я. — Ночью мы его не найдём. — Я подумала, что нужно дождаться рассвета, но не удержалась и снова расплакалась. Я стояла одна в темноте, мне грозила опасность, и нужно было выполнить задание, для которого я слишком маленькая и, возможно, слишком трусливая.

Отвага, которую я ощущала, когда согласилась бороться с Деспотом, на самом деле была не моей отвагой: я чувствовала её лишь благодаря наличию зеркала и уверенности в том, что никогда не окажусь в реальной опасности. Всё это время я готовилась улизнуть, когда станет по-настоящему страшно, и сейчас я это поняла.

— Я же не могу этого сделать! — всхлипывала я. — И не хочу! — Я угодила в капкан, и теперь он захлопнулся. Я не хотела быть храброй!

— У нас есть шанс добраться до кузницы, — сказал кролик и ткнулся в меня своим влажным носом. — До того, как рассветёт. Там мы будем защищены от головорезов.

И хотя мой страх был безмерным, как и моё отчаяние, я знала, что кролик прав. Поэтому я вытерла слёзы и пошла за ним, к огню, напевая свою успокаивающую песенку, которую всегда напеваю, когда приходится в одиночку доставать что-то из подвала или возвращаться домой затемно. Я напеваю её всегда, когда мне одиноко или страшно. А более одиноко и страшно, чем в ту ночь в Каменистой Степи, мне ещё не было никогда.

Вдруг над нами вскричала птица, и я вспомнила, как хозяин рассказывал мне, что и вода, и камни, и растения, и животные — все теперь подчиняются злодею: и я вдруг поняла, что эта птица — одно из созданий Деспота. Его шпион.

— Кролик! — прошептала я.

Она была шпионом злодея и следовала за нами от самой деревни. С неба нас было видно как на ладони, и скоро шпион полетит дальше и расскажет головорезам, где нас найти.

Мы были абсолютно беспомощны. Мы не могли укрыться от птицы и просто шли дальше, к огню, и я напевала свою успокаивающую песенку, и по щекам у меня текли слёзы.

11

Кузница

Мы шли к огню, и я напевала свою успокаивающую песенку — только на этот раз она не помогала. И я поняла: можно приказать себе быть храброй, но храброй от этого ты не станешь. Можно приказать себе забыть о своём страхе и горе, но это не заставит их исчезнуть.

— Кролик, — прошептала я, — а что там, в кузнице?

Если пророчество и сообщало, что огонь погаснет лишь тогда, когда явится Храбрый Воин, в нём ни слова не говорилось о том, почему кузница горела — и откуда мне было знать, что там, в огне, меня не поджидает Дикий Деспот?

— Никто не знает, что произошло в кузнице, — сказал кролик. — Однажды она загорелась, и повсюду вдруг стали исчезать люди. До этого им удавалось давать Дикому отпор, но он как будто отыскал в кузнице средство, позволившее ему их поработить.

— А вдруг он до сих пор там? — прошептала я. — Вдруг он поджидает меня?

Кролик резко остановился.

— Тогда мы пропали, — сказал он.

Разве могла я сразиться с Деспотом голыми руками, после бессонной ночи?!

— Я туда не пойду! — заявила я и развернулась. — Я иду обратно! — Позади меня простиралась Каменистая Степь, бескрайняя и мрачная. Скоро рассветёт. Как мне тогда укрыться от головорезов? — Нет, и обратно не пойду, — уныло произнесла я.

Как раз в тот момент, когда мой страх и отчаяние достигли таких размеров, что мне уже было всё равно, схватит меня Деспот или нет, как раз в тот момент небо за руинами кузницы посветлело. Красно-жёлтое зарево пожара угасло на оранжевом фоне восходящего солнца, и поначалу в сумерках, а затем в первых утренних лучах я наконец увидела кузницу. Чёрный силуэт руин; языки пламени, всё ещё облизывающие обуглившиеся балки; пустые окна. Я увидела и то, как лучи утреннего солнца посеребрили мрачную серую степь, оставшуюся у нас за спиной.

— Значит, солнце он ещё не победил, — торжествующе объявил кролик, и я поняла, что власть Деспота не безгранична, а значит, надежда есть.

В утреннем свете руины выглядели печальными — печальными, а не грозными, — и я увидела, что когда-то здесь кипела жизнь: там, где прежде бушевал сад, обугленные деревья тянули к небу голые ветки; обгоревшие забор и ворота всё еще огораживали луга, на которых паслись коровы, овцы и лошади.

Над нами прокричала крупная птица, и тогда я заметила, какая вокруг тишина. В это летнее утро здесь не жужжали пчёлы и не щебетали птицы. Всякая жизнь здесь потухла.

Только большая птица кружила высоко над нашими головами.

— Убирайся! — крикнула я и подняла кулак, как будто тем самым могла напугать шпиона, а затем схватила камень и запустила его высоко в небо. — Ну, скажи ему, где нас найти! Если ты этого хочешь, сделай это поскорее!

На мгновение птица зависла в небе, как будто чего-то ожидая, а затем вскрикнула и, взмахивая мощными крыльями, полетела обратно в степь.

— Она улетела, чтобы выдать нас, — в отчаянии произнесла я. Но мы были всё ещё живы, и мы вместе одолели последние шаги до кузницы, и утреннее солнце стало тёплым, а небо высоким, и всё бы хорошо, если бы не эта глубокая и пронзительная тишина. — А теперь я приступлю к исполнению своей миссии, — отважно произнесла я: ведь я Храбрый Воин, и где-то здесь должен находиться ответ — или, по крайней мере, правильный вопрос. — По-моему, кролик, здесь мы найдём то, что нужно, — и я почувствовала, насколько проще быть Храбрым Воином, когда светит солнце, а головорезы Деспота так далеко от тебя.

Мы прошли через почерневшие ворота, беспомощно болтающиеся на петлях, через сад к руинам, и я чувствовала, что найду там что-то полезное.

Не успели мы подойти к дому, как из него вышла женщина и подошла к нам. Увидев её улыбку, я тут же позабыла о своём недоверии.

— Наконец-то ты пришла! — сказала женщина и положила ладони мне на плечи. — Наконец-то ты пришла, как предвещает пророчество: он пойдёт по равнине и явится с запада на восходе солнца — Храбрый Воин, вооружённый лишь своей отвагой, — и она посмотрела на меня так, будто хотела обогреть, хотя для того, чтобы вывести меня из ночного окоченения, хватало и солнца. Из ночного окоченения и страха.

— Да, это я, — подтвердила я, — Храбрый Воин.

И она рассмеялась, и её смех тоже звучал тепло и уютно.

— Храбрая Воительница, уставшая и юная, — сказала она. — Об этом пророчество умолчало. Ты не представляешь, как я тебя ждала. Здесь ты получишь кольцо и узнаешь всё пророчество целиком. Но сначала поешь. — И она снова улыбнулась и отвела меня на лужайку рядом с домом. Там стояли стол и скамья, на столе стояла кружка, от которой шёл пар, и лежал свежий хлеб, а в высокой траве осторожно раскрывали свои цветки первые одуванчики. — Как долго я тебя ждала! — повторила женщина. — Стол накрыт. Я накрываю его каждое утро с тех пор, как...

Вдруг над лужайкой нависла тень, и от холодного ветра у меня по телу пробежала дрожь.

— Добро пожаловать в кузницу, — сказала женщина. — Добро пожаловать, Храбрый Воин, хотя ты всего лишь маленькая девочка. А теперь поешь.

И я ела и пила, а кролик у моих ног наслаждался сочной травкой. Если бы за моей спиной не поднимался дым из обломков кузницы, я бы решила, что всё хорошо.

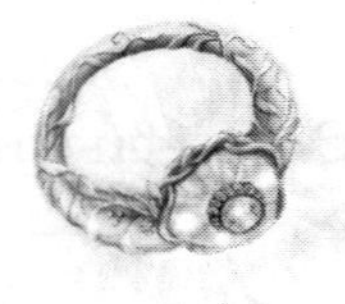

12

История кузнеца

Наевшись и напившись, я улеглась в высокую траву, а женщина села рядом на скамейку и посмотрела на меня сверху вниз.

— Поспи сколько сможешь, — сказала она. — Ты провела на ногах всю ночь, Храбрая Воительница. Я буду сидеть здесь и охранять твой сон; а когда проснёшься, получишь кольцо и узнаешь пророчество целиком.

У меня уже давно слипались глаза. Если кто-то считает, что утром, когда солнце уже высоко в небе, спать никак нельзя, пусть пройдётся ночью по Каменистой Степи и попрячется от головорезов злодея. Я и не знала, каким чудесным может быть сон, глубоким и без сновидений, и когда я проснулась, небо на западе уже снова окрасилось в красный цвет.

— Ты спала долго, — сказала женщина. — Это хорошо. Для твоего странствия тебе понадобится много сил. Подойди к столу, и ты многое узнаешь.

Рядом со мной в траве потягивался, развалившись, кролик.

— Вот бы вернуться в свою норку! — пробормотал он. — Жаль, но сейчас совсем не похоже, что это когда-нибудь произойдёт. Как говорится, у каждого своя миссия. — И он вприпрыжку подскакал к столу, как будто хотел проконтролировать, что женщина расскажет мне правду.

— Я жена кузнеца, — начала она свой рассказ. — Я охраняла кузницу с тех пор, как Дикий забрал моего мужа. Я охраняла кузницу и ждала тебя.

Я сидела тихо и слушала её.

— Они явились однажды ночью, когда бушевала гроза, — продолжала жена кузнеца. — До тех пор Дикий тщетно пытался поработить людей. Вода и камни, растения и животные сдались ему уже давно, но люди не повиновались, потому что у них есть сердце и они знают, что такое добро и зло.

Я кивнула. Всё это я уже слышала от хозяина.

— В ту осень он наконец подошёл к нашей кузнице, — сказала женщина, и ей было совсем не обязательно называть его имя. — Все окрестные земли уже давно находились в его власти, и очень редко кто-то осмеливался дойти до нашего отдалённого жилища через всю степь. Мы одичали, но знали, что придётся запастись терпением. Потому что у Алина был Символ. И Дикому было об этом известно. — Она замолчала, и поскольку я не задавала вопросов, продолжила: — Но мы об этом не знали. Мы надеялись, что о существовании Символа он даже не догадывается. Алин выковал его в кузнице много лет назад и, когда осознал, какой предмет у него получился, не решился его уничтожить. А может, его и нельзя уничтожить.

Она встала и принялась ходить взад-вперёд.

— Ты должна знать, — сказала она, и я заметила, что с приходом темноты ею овладело беспокойство, — у Алина был дар. Он заметил это ещё в юности — мы тогда жили в деревне. Мечи, которые он ковал, убивали всегда, независимо от того, в чьи руки попадали — и он перестал их ковать. Кольца, браслеты и цепочки, которые он создавал, дарили своему хозяину красоту и вечную молодость, а выкованные им монеты приносили своему владельцу несметные богатства — но он знал, как легко можно использовать эти предметы в преступных целях и как быстро они могут навлечь на своих владельцев несчастье. Всё, что он создавал, он тут же уничтожал. Нам пришлось покинуть деревню, чтобы никто не узнал о его даре и не преследовал его.

— Как жаль! — воскликнула я. Только представьте себе, что существовала бы монета, благодаря которой можно разбогатеть! Тогда бы и мы с мамой каждое лето летали на Мальорку или даже в Америку. А может, мне бы и компьютер купили. Но теперь слишком поздно: этот Алин, очевидно, всё уничтожил.

— А однажды ему удалось выковать Символ, — сказала жена кузнеца. — Он всегда об этом жалел. Но уничтожить его не мог.

— И что это за Символ? — спросила я. Ведь было совершенно очевидно, что и этот Символ обладает каким-то волшебством. Даже если он и не мог превратить человека в богача, как это делали волшебные монеты, то наверняка делал человека красивым и знаменитым, и тогда Катя вытаращила бы глаза от изумления и предпочла бы дружить со мной, а не с Назрин.

И тут до меня дошло. Катю я больше никогда не увижу. Зеркало потеряно, и мне вдруг совершенно расхотелось слушать историю кузнеца. Как же я могла так надолго позабыть о Диком!

— Символ, дарующий власть над сердцами людей, — сказала жена кузнеца. — Медальон, с виду ничем не примечательный, но гораздо более могущественный, чем всё, что есть на земле. Алин всегда носил его при себе и надеялся, что никто об этом не узнает. Но у Дикого всюду шпионы.

Я подумала о птице и промолчала.

— Однажды ночью они пришли, сожгли кузницу и забрали моего мужа. Потому что знали, что у него есть Символ. С тех пор из деревень постоянно исчезают люди. Он превращает их в своих приспешников — ведь теперь у него есть власть над их сердцами. У него есть Символ. А ты его у него отнимешь.

— Да, тебе придётся это сделать, — вздохнул кролик. — Теперь ты всё знаешь.

— Но я... — начала я. Пророчество показалось мне смешным. Никогда в жизни десятилетняя девочка не окажется сильнее Дикого. Никогда в жизни мне его не победить.

— За несколько дней до того, как его забрали, Алин передал мне это кольцо, — сказала жена кузнеца. Она опустила руку в карман и достала кольцо. Лучи вечернего солнца, отражаясь от его золота, заставляли сверкать драгоценные камни. — Это кольцо, сказал он, предназначается Храброму Воину, который явится к нам из зеркала, чтобы победить

Деспота. Это зеркальное кольцо, и оно будет защищать его в минуты опасности. Ты пришла из зеркала. Кольцо принадлежит тебе.

Она надела его мне на безымянный палец правой руки, и оно село так, будто было выковано специально для меня: золотое кольцо, обрамлённое, как и зеркало, нежными веточками и украшенное двумя камнями — красным, а под ним белым.

— Какое красивое! — прошептала я. Я смотрела в огонь красного камня и на мгновение поверила, что с его помощью одолею Деспота. — А что оно умеет, это кольцо?

Жена кузнеца пожала плечами.

— Этого муж мне не рассказал, — призналась она. — Только то, что это зеркальное кольцо. Понимаешь, мы же не знали, что Дикий заберёт Алина. Тем более так скоро. Всё, что он мне сказал, я тебе уже передала: кольцо должен носить Храбрый Воин, пришедший из зеркала. А какой силой оно обладает — это предстоит выяснить тебе самой.

Во мне всколыхнулась надежда: вдруг с помощью этого кольца я смогу вернуться домой как с помощью зеркала?

Однако я знала, что такое не случается даже в сказках. Каждый предмет обладает своим волшебством и своей силой, и я всё ещё пленница Страны-по-ту-сторону.

Но помимо этого я Храбрый Воин.

— Неужели с этим кольцом я смогу одолеть Деспота? — спросила я, и после того, как буря улеглась и гром затих, жена кузнеца взяла мои руки в свои.

— Тебе придётся самой выяснить, что это кольцо может для тебя сделать, — повторила она. — Только не бойся. С зеркалом у тебя всегда есть при себе врата в собственный мир. Что может сотворить с тобой Дикий? Ведь ты вернёшься в любой момент...

— Нет, то зеркало... я его... — в отчаянии начала я, но договорить не успела, потому что женщина продолжила.

— Мой муж был так счастлив, когда выковал это зеркало, — радостно произнесла она. — Он сказал, что кольцо очень могущественное, но защищать Храброго Воина от любой опасности будет именно зеркало. Пока оно при нём, Дикий ничего не сможет ему сделать. С зеркалом Воин будет приходить и уходить когда захочет.

— Твой муж выковал и то зеркало? — спросила я, и во мне родилась дикая надежда — пока я не вспомнила, что Алина тоже забрали и второе зеркало он для меня не изготовит.

— И вообще: победить Дикого можно только с помощью зеркала, — подытожила жена кузнеца. — Вот что сказал Алин: как же иначе человек будет скрываться от головорезов? Где он будет прятаться, когда сама земля на стороне Дикого и каждый камень, каждый куст готов оказать ему помощь? Он спасётся, только если всякий раз в случае смертельной опасности будет уходить в свой мир. Только тогда Воин сможет победить Дикого.

Тут я уронила голову на стол, и плакала, и плакала, и думала, что никогда в жизни ещё так много не плакала, как за эти два дня в Стране-по-ту-сторону.

Я и не знала, не предполагала тогда, что это только начало. Такой глупой я тогда была.

13

Всё ещё Храбрая Воительница

— Потеряла?! — вскричала жена кузнеца, и в её голосе звучал такой неподдельный ужас, что я почувствовала: теперь и она не уверена. — Ты потеряла зеркало?!

— Этой ночью, — сообщил кролик, потому что от рыданий я не могла вымолвить ни слова. — В Каменистой Степи. Пойми, избежать столкновения с головорезами было непросто. А она ещё ребёнок! Не так уж и легко быть Храбрым Воином.

— Я думала, что мы сможем его поискать, — прошептала я, — что когда рассветёт, мы его поищем! Но я проспала весь день, а скоро уже снова стемнеет.

Жена кузнеца погладила меня по голове.

— Бедная маленькая девочка, — сказала

она. — Бедная, бедная маленькая девочка! — Затем она повернулась к кролику и гневно продолжила: — А вот тебе следовало бы знать, что ваш план невыполним. Днём в степи его головорезы видят вас за несколько миль. А ночью слишком темно. — И она снова погладила меня по голове. — Зеркало потеряно, — сказала она. — Но ты справишься и без него.

Я полезла в карман штанов за носовым платком.

— Но я не знаю как! — воскликнула я и высморкалась.

Жена кузнеца вздохнула.

— У тебя есть кольцо, — сказала она. — С этого момента ты выполняешь свою миссию не только для нас: теперь единственная возможность для тебя вернуться в твой мир — это победить Дикого. Только тогда у тебя снова появится зеркало.

— Она права, — вздохнул кролик. — Так и есть. Она права.

— Ты по-прежнему Храбрая Воительница, — жена кузнеца улыбнулась мне, и я поняла, что этой улыбкой она хочет меня подбодрить. — Пророчество сулит тебя нам с незапамятных времён. Ты явилась из зеркала, как и сказано в пророчестве, пришла с запада на рассвете, и поэтому ты его победишь. — Она твёрдо посмотрела мне в глаза. — Послушай, маленькая девочка. Тебе будет непросто. Но с незапамятных времён пророчество твердит, что Храбрый Воин освободит страну от Дикого Деспота. — Она продолжала говорить, перекрикивая грохот грома, а бешеный ветер рвал её волосы. — Что ты его выследишь и одолеешь. Почему же пророчество должно утратить свою силу, если ты потеряла зеркало? Оно всё ещё действует, и ты его исполнишь. Ты Храбрая Воительница, и вся страна знает, что ты победишь Деспота. Как бы то ни было.

Я почувствовала, как ко мне возвращается отвага.

— Ты тоже так думаешь, кролик? — спросила я.

Кролик улёгся под лавку, и казалось, был готов снова уснуть.

— Что? Прости, что ты сказала? — спросил он и испуганно поднялся.

Жена кузнеца рассмеялась, и я вместе с ней.

Такой глупой я тогда была.

14

Лес-из-которого-не-возвращаются

Я ещё немного поела и попила на лужайке позади кузницы, и когда луна, большой холодно-белый диск, поднялась высоко на небо, я тронулась в путь.

— Тебе нужно двигаться на восток, маленькая девочка, — сказала на прощание жена кузнеца. — Через Лес-из-которого-не-возвращаются. А я останусь здесь и буду ждать.

— Лес-из-которого-не-возвращаются?! — в ужасе переспросила я.

Жена кузнеца опустила глаза.

— Ни один из тех, кто решился пройти через этот лес, не вернулся, — сказала она. — Всё живое в нём и всё, что лежит за его пределами, находится во власти Дикого. Лишь из древних преданий мы знаем, что ожидает Храброго Воина в том лесу: Бурная Река и Прелестный Край, после которых Воин наконец отыщет в Зловещих Горах крепость. Тогда он будет у цели.

— Но ведь ты знаешь, что мне всего десять лет! — воскликнула я, хотя и предполагала, что она ответит. — Позволь мне остаться у тебя!

— Храбрый Воин, вооружённый только своей отвагой, — повторила жена кузнеца. — У тебя есть кольцо. Поверь: пророчество придаст тебе сил. Поверь в это так же страстно, как верю в это я.

В траве чихнул кролик.

— Всё-всё-всё! — нетерпеливо воскликнул он. — Пустые разговоры ещё никому не помогли. Конечно, она маленькая и хиленькая, но ты и сама сказала: она та, о ком говорится в пророчестве, и мы должны рискнуть. Другого выхода всё равно нет, — и он снова чихнул.

— А если я заблужусь? — спросила я. — Впереди все эти горы, равнины и реки, а у меня даже карты нет!

Однажды на географии мы изучали схему метрополитена: синюю линию, жёлтую и красную. Поначалу было довольно сложно, пока мы не усвоили, где делать пересадку, но впоследствии эти знания оказались очень полезными. С картой ты всегда знаешь, где находишься. Мне было бы спокойнее, если бы такая карта появилась у меня сейчас.

— По ту сторону леса находится Ферма-на-краю, — сказала жена кузнеца. — Там тебе помогут. Её жители не создания Деспота, но они издревле привыкли жить по соседству с ним. Они покажут тебе дорогу и снабдят провизией для долгого странствия. Прощай, маленькая девочка. Храбрая Воительница, прощай.

Взяв свою корзинку, я тронулась в путь, но под первыми же деревьями на опушке леса остановилась и оглянулась. Перед развалинами кузницы, над которыми огонь окрашивал ночное небо в яркие цвета, стояла жена кузнеца и махала мне вслед. Я чувствовала себя ужасно одинокой. Луна светила сквозь кроны деревьев, пронизывая лес тусклым светом.

— Кролик, — сказала я, — как ты думаешь, у меня получится?

— Что за глупости! — фыркнул кролик и прыгнул вперёд. — Поживём — увидим. Но с такими темпами нам понадобится уйма времени! — И он исчез за поворотом.

Я побежала за ним, радуясь, что не приходится искать дорогу самой.

Я приказала себе не думать о потерянном зеркале — только о пророчестве. Каждый, кто знаком со сказками, знает: пророчества исполняются всегда, даже если все думают, что это полная чушь. Например, в случае со Спящей красавицей: читатель думает — да как же можно спать сто лет, ведь она бы давно умерла. Но затем всё-таки появляется принц и оживляет её своим поцелуем, да ещё именно в тот день, когда это должно было случиться. С пророчествами всегда так.

Поэтому мне совсем нечего бояться. Если в пророчестве говорится, что я одолею Деспота, — значит, я его одолею, с зеркалом или без. Если всё предопределено, то ничто не может пойти наперекосяк. Я отыщу замок злодея: двинусь ли на восток, на запад, на север или на юг — его замок будет поджидать меня там. Можно даже со спокойной душой отдаться в лапы его приспешникам: раз в пророчестве говорится, что я одержу победу над Деспотом, — значит, они меня не убьют. Если как следует пораскинуть мозгами, получается, что мне вообще не грозит никакая опасность.

— Кролик! — позвала я.

У моих ног кто-то зашикал.

— А ещё громче можешь? — прошипел кролик. — Хочешь, чтобы тебя настигли его бандиты? Боишься, что если им не поможешь, они нас не найдут?

— О, прости, пожалуйста! — воскликнула я, подумав, что вообще-то кролик должен понимать, почему реальная опасность нам не грозит. — Но что будет, если они меня схватят? Они доставят меня прямиком в его замок: я сэкономлю силы на этом долгом странствии, и мне не придётся преодолевать все эти равнины, реки и горы. Это же очень удобно! А одолеть я его всё равно одолею, — сказала я, ожидая, что озадаченный кролик со мной согласится.

Но он и не думал соглашаться.

— Как можно быть такой глупой! — прошептал он. — Господи, за что мне такое наказание?! Разве можно быть такой безнадёжно тупой?

Подобные оскорбления нельзя спускать с рук. Катю я за это однажды даже стукнула.

— Это ты тупой! — огрызнулась я и, схватив кролика за загривок, подняла его и заглянула ему прямо в глаза. — Это ты ничего не понимаешь! Я Храбрый Воин! Если пророчество предрекает мне победу — то что со мной может случиться? — Я смотрела на кролика, а он смотрел на меня и даже не дёргал лапками.

— Тупица! — сказал он, глядя мне в глаза. — Ничегошеньки не понимает. Но эту кашу я заварил сам. — Затем он всё-таки задёргался. — Опусти меня на землю! — прошипел он. — И следуй за мной! И постарайся не шуметь! — И как только его лапы коснулись земли, он тут же исчез за стволами деревьев.

Разъярённая, я побежала за ним.

— Сам увидишь! — тяжело дыша, пропыхтела я. Я докажу ему, что я права.

15

Лесная поляна

Лишь на рассвете мы добрались до поляны.

— Теперь ты можешь поспать, — сказал кролик и указал на куст, свисающие ветви которого образовывали укрытие. — А я разбужу тебя, когда придёт время отправляться в путь. — В его голосе всё ещё сквозило раздражение.

Я зевнула.

— Ты тоже можешь спокойно лечь спать, — сказала я. — Я проснусь вовремя. Пророчество об этом позаботится.

Кролик фыркнул так, что задрожали усы.

— Как бы не так! — сказал он. — Как бы не так.

Я вдруг подумала, что, возможно, кролик ведёт себя так неприветливо лишь потому, что ему страшно. В конце концов, Храбрым Воином была только я, и в пророчестве ни слова не говорится о том, что случится с сопровождающим его кроликом. О кролике в пророчестве вообще не упоминалось.

— Иди сюда, отдохни, — примирительно произнесла я.

Кролик беспокоится, и его можно понять. То, что я одолею Деспота, было ясно испокон веков, но никто не может сказать, что произойдёт с кроликом. Пророчество могло исполниться и в том случае, если его поймают приспешники Деспота. Оно может исполниться, даже если злодей его прикончит.

— Не бойся! — прошептала я и собралась погладить его по спине. — Я о тебе позабочусь!

Но кролик отпрыгнул в сторону.

— Ты! — прошипел он. — Обо мне! Тогда я могу спокойно броситься на острие копья первому попавшемуся злодею!

И я поняла, что именно страх сделал кролика злым и несправедливым. Такое порой случается. Перед последней контрольной по немецкому я тоже накричала на Ассал, потому что она снова и снова пыталась объяснить мне, где дательный падеж, а где винительный, и как их отличить друг от друга. Но я не поняла ни слова, а потом прозвенел звонок и нужно было идти на урок, и я знала, что эту контрольную снова завалю — и это при том, что и последняя работа была написана неважно. И я наорала на Ассал: «Ты совсем не умеешь объяснять! Как можно быть такой тупой!»

Всё это время я знала, что это несправедливо. Ведь Ассал не виновата, что грамматика даётся мне с таким трудом. Но мне было до ужаса страшно.

Поэтому я знаю, что страх может сделать человека жестоким и несправедливым, и решила не сердиться на кролика.

— И пожалуйста, разбуди меня вовремя, — только и сказала я. И крепко уснула. И снова днём.

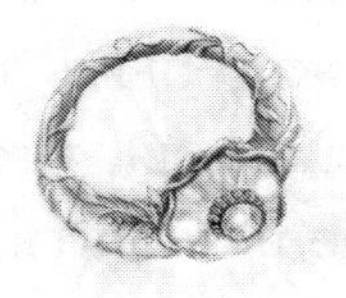

16

Пещера

Когда кролик меня разбудил, было ещё светло. Поляну освещало солнце, и над ковром из ярких цветов порхали бабочки. Где-то, спрятанный в высокой траве, плескался ручеёк, а вдали куковала кукушка. Было до того красиво, что от боли защемило сердце.

— Это и есть Лес-из-которого-не-возвращаются? — спросила я и выбралась из своего укрытия под ветками. — Или мы его уже прошли?

— Прошли! — в негодовании воскликнул кролик. — Что за бредовые мысли у тебя в голове?!

Я напомнила себе о том, что кролик всего-навсего испуган.

— А теперь я посмотрю, что умеет это кольцо, — сказала я. — До того, как мы снова встретим бандитов. Ты тоже думаешь, что мне стоит попробовать?

Кролик пожал плечами — клянусь, он это сделал.

— Делай что хочешь, — грубо ответил он и растянулся рядом со мной на земле.

Я сняла с пальца кольцо и посмотрела на него. Крошечные золотые веточки поблёскивали вокруг красноватого камня, как будто впитавшего в себя солнечный свет, а над ним холодными искрами серебрился белый камень.

— Лунный камень, — сказал кролик, как будто заметив мой взгляд. — Лунный камень белый, а солнечный — красный.

— Ага, — протянула я.

Я покрутила кольцо перед глазами и почувствовала, что это необычное кольцо. Но как оно действует, я не знала.

— Кольцо кузнеца, — сказал кролик. — Насколько я знаю, о нём не упоминается ни в одном из пророчеств. Но всё равно береги его как зеницу ока. Ради всего святого, береги его! Хватит с нас того, что ты потеряла зеркало.

Зеркало и кольцо. Кузнец украсил их одинаковым образом.

— Может, его нужно повернуть? — предположила я. — Обычно ведь так и происходит. Ты поворачиваешь кольцо — и узнаёшь, в чём его волшебство. — Я надела кольцо и повернула его на пальце вправо и влево — но ничего не произошло, совсем ничего. — Может, при этом нужно ему что-то сказать? — продолжала гадать я. — Например, чего я хочу? — И я, вспомнив обо всех волшебных кольцах, о которых слышала и читала, решила попробовать. — Летать! — воскликнула я. — Пожалуйста, сделай так, чтобы я могла летать! — попросила я, помня, что нужно быть вежливой. Но мои ноги твёрдо стояли на земле. — Стать невидимой? — осторожно спросила я. — Может, это получится? — Я быстро взглянула на кролика, ожидая, что он вздрогнет от ужаса или в панике закричит.

«Боже мой, я тебя больше не вижу! — должен был закричать он. — Где ты, где?!» — так обычно бывает в сказках.

Но кролик лишь устало покачал головой.

Я задумалась. Конечно, было бы замечательно уметь летать или становиться невидимкой, но имелись и другие варианты.

— А вдруг кольцо придаёт сил? — предположила я.

Возможно, кузнец думал о том, какая способность понадобится мне больше всего, когда я стану сражаться с Деспотом.

— Оно превратит меня в силача!

Я подняла с земли ветку, сорванную с дерева бурей, и попробовала её разломать; я попробовала перекатить по лужайке обломок скалы, а затем поднять его над головой — но сил во мне было не больше, чем обычно.

— Да что же оно тогда может?! — разочарованно воскликнула я. — Что мне ещё попробовать, кролик?!

— На то, что кольцо придаёт ума, не стоит и надеяться, — язвительно заметил кролик. — В любом случае, любая надежда здесь напрасна.

Я была так подавлена, что даже не злилась.

— Может, нужно произнести волшебное заклинание? — спросила я. — И в это время его повернуть. Только кузнец не успел сообщить его своей жене — они ведь не знали, что Дикий придёт за ним, да ещё так скоро!

Затем я попытала счастья с «фокусом-покусом» и «абракадаброй», но уже произнося их, чувствовала, что это не сработает. Потому что это ведь заклинания из сказок, а здесь была реальность.

Я услышала в небе крик, подняла голову и увидела большую птицу. Она спокойно кружила над нами, расправив крылья, и, как будто заметив мой взгляд, стала подниматься ещё выше, редко взмахивая мощными крыльями, пока не превратилась в крошечное пятнышко на синем фоне. Она увидела то, что хотела увидеть.

— Там опять шпион, кролик, — заметила я.

Кролик гневно потряс головой.

— Боишься?! — злобно спросил он. — Тебе вдруг стало страшно?! А я думал, с тобой ничего плохого не случится — ведь так говорится в пророчестве?

— Так и есть! — ответила я, злясь на себя за то, что так скоро об этом позабыла.

Даже если птица меня выдаст, Деспоту это не поможет. Я выступила в поход, чтобы его уничтожить, и я это сделаю.

Я посмотрела на поляну — бабочки по-прежнему играли, и дрозд радостно трещал, заглушая плеск ручейка. Но я вдруг почувствовала, что за всей этой красотой таится что-то ещё, и поняла, что нам лучше уйти.

— Давай уйдём отсюда, кролик, — тревожно произнесла я. — Если птица нас обнаружила, головорезы Деспота не заставят себя ждать. Давай пойдём, пока светло.

— «Давай пойдём, пока светло»! — передразнил меня кролик. — Да когда ты уже наконец определишься — непобедимая ты или нет?!

Но ответить я не успела.

Издалека донёсся приглушённый грохот, и по мере его приближения небо затянули облака, а буря стала клонить ветви до самой земли.

— Головорезы! — прошептала я.

Птица нас выдала.

— Значит, всё-таки уязвимая? — насмешливо спросил кролик и запрыгал к опушке леса. — Так я и думал. Теперь она уже не такая храбрая!

Он был прав. Я вдруг поняла, что легко быть бесстрашной, когда нет никакой опасности; легко верить во всякие пророчества, когда сидишь на залитой солнцем поляне. И куда труднее — когда приближаются головорезы и земля сотрясается под копытами их лошадей.

— Я Храбрый Воин! — прошептала я. — Я! И никто другой!

А небо было таким чёрным, а буря — такой дикой, и между деревьями уже слышались крики.

— Ну идём же, идём! — поторопил меня кролик.

Возможно, я и победила бы Деспота, если бы встретила: сомневаться в истинности пророчества мне не хотелось. Но в нём ни слова не говорилось о том, что произойдёт со мной до этого, и когда я услышала крики, страх перед головорезами сковал моё сердце. Меня пугали их чёрные доспехи и жуткие голоса; пугали их копья, которыми они меня пронзят, их мечи, которыми меня зарубят, и темницы, в которые меня кинут.

Пророчество знало, что я одолею злодея, — но не знало когда. Не знало оно и того, что произойдёт со мной перед этим.

— Беги быстрее! — закричал кролик. — Прячься!

Я вдруг поняла, почему этот лес называется *Лесом-из-которого-не-возвращаются.* Потому что ровно в том месте, где между деревьями пролегала тропа, теперь торчали ветки; деревья тянулись ко мне и хватали своими сучьями как руками, а в их кронах раздавался зловещий хохот.

— Тебе от нас не уйти! — хохотали деревья, и в разгар бури склоняли ко мне свои ветви и тянули жадные пальцы-сучья. — От нас ещё никто не уходил!

Я вырвалась и понеслась обратно к поляне; но теперь травинки врезались мне в тело как лезвия, а там, где прежде журчал ручей, теперь бушевал неистовый поток. Это был Лес-из-которого-не-возвращаются, и у меня в голове прогремели слова жены кузнеца: «Всё живое в нём и всё, что лежит за его пределами, находится во власти Дикого».

Меня окружали его создания — деревья и кусты, травы и ручей. Все они помогали его приспешникам нас поймать.

— Всё напрасно! — закричал кролик. — Я,

например, им не... — и не успел он договорить, как исчез под землёй.

— Кролик! — закричала я.

Но было слишком поздно. Между стволами я заметила дымящиеся бока лошадей.

— Хо-хо! — прокричали головорезы. — Вон она стоит! Девочка, девочка! Схватите её и отведите к Деспоту, как он велел!

Мой страх был так велик, что ноги меня едва держали, но я бежала и кричала. А на лужайке из земли вздымались корни деревьев — как капканы, как живые чёрно-коричневые змеи, — и они хватали меня, желая поймать в ловушку; а я вопила так громко, что мой крик заглушал топот копыт. Я слышала хрип лошадей, чувствовала тяжёлый запах их тел и видела, как надо мной нависла тень. Спасения не было.

Но прежде чем они успели меня схватить, на меня вдруг опрокинулась земля, передо мной выросла высокая трава и открылся вход в пещеру, глубокую и чёрную. Я шагнула в неё, а лошади проскакали мимо. Один бандит громко закричал, и его лошадь заржала от боли, падая на землю: она угодила в капкан из корня, который тянулся за мной.

А я сидела в безопасном мраке пещеры, закрыв глаза и втягивая ноздрями аромат земли. И не понимала, что произошло.

17

Колдовство Дикого Деспота

Только когда крики снаружи стихли, я открыла глаза.

Головорезы ещё долго меня искали.

— Она исчезла! — взревел первый.

— Окружите поляну! Не дайте ей уйти! — кричали остальные.

Затем я услышала, как они спрыгнули с лошадей и их доспехи загремели металлическим звоном, как они стали тяжело топать по поляне и искать меня, и я слышала в их голосах недоумение и ярость, когда они осознали, что упустили меня.

— Мы её упустили! — заорал первый. — Ищите всюду! Ищите под кустами! Ищите под деревьями! Ищите везде!

«Ищите глубоко под землёй!» — так они не кричали; и я сидела на полу пещеры с закрытыми глазами и колотящимся сердцем, втягивая в себя запах земли.

Затем они наконец удалились, и над поляной повисла тишина; они ускакали с гневными криками и так рьяно пришпорили лошадей, что их наполненное болью ржание долго отдавалось у меня в ушах.

Я открыла глаза. Со мной снова произошло что-то непонятное. Пещера, в которой я сидела, была тёмной, и чёрно-коричневая земля крошилась под моими пальцами. Где я? Куда я попала?

— Кролик? — прошептала я, хотя знала, что я тут одна.

Что же произошло? Я провела ладонью по стенам пещеры, и комок влажной земли оторвался под моими пальцами и упал на пол.

— Кролик? — снова прошептала я.

Как я могла думать, что ничего не боюсь?! Моё сердце продолжало колотиться как бешеное, и мне было совершенно безразлично, что обещало пророчество. Я боялась головорезов — боялась до полусмерти!

И если уж его приспешники были такими страшными, дикими и жестокими, то каким же окажется сам Дикий, которого я должна была победить?!

— Я не хочу всего этого! Не хочу быть Храбрым Воином! — прошептала я, ощущая себя бесконечно одинокой.

— Девочка? — раздался знакомый голос, и я была безумно рада его слышать. — Воительница? Анна? — Я впервые услышала в этом голосе заботу: — Или они её всё-таки поймали, а все их проклятья были лишь обманом? Где она может быть?

— Кролик! — вскричала я, хотя знала, что стены пещеры поглотят мой крик. — Подожди, я иду!

— Она же ещё совсем дитя! — хныкал снаружи кролик. — Я должен был это предвидеть! Я виноват! Мне уже давно следовало ей...

В этот момент я добралась до выхода из пещеры и на мгновение решила, что утратила разум. Передо мной расстилалась поляна, и над ней ярко светило солнце, как будто головорезов здесь никогда и не бывало. Но всё это вдруг сделалось огромным, и каждая травинка была высотой с дерево, и кролика было не видать.

— Кролик! — закричала я.

Надо мной колыхалась трава, высоченная и густая, и каждая травинка была созданием Дикого, которому она принадлежала, которому служила в этой войне — войне против врага, против Храброго Воина. И трава выросла почти до самого неба, и между её стебельками стояла я, беспомощная и крошечная.

И тут я услышала жуткий треск: стебли травы ломались под чьими-то тяжёлыми шагами — прямо на меня неслось гигантское существо.

— Так вот ты где! — воскликнул кролик, когда стих хруст поломанных травинок. — Боже мой, как это произошло? Ну, теперь будет весело!

Я не могла поверить своим глазам. Он стоял надо мной, ещё выше травы, огромный и необъятный как гора.

— Замечательно, премного благодарен, — произнёс кролик, и его дыхание едва не задуло меня обратно в пещеру. — Именно так мы всегда и представляли себе Храброго Воина. Теперь он карлик размером с редиску! Час от часу не легче!

— Кролик, я тоже не знаю, что произошло! — пролепетала я. — Я почему-то...

— ...уменьшилась! — подсказал кролик, склонил голову и обнюхал меня, едва не повалив усами на землю. — Да-да, я вижу. Бог мой, как это могло произойти?! Головорезы тебя настигли? Они прикоснулись к тебе своими копьями? Как Дикому удалось сотворить с тобой такое?!

— Я же совсем крошечная! — прошептала я.

— В таком виде ты для него никакой угрозы не представляешь! — фыркнул кролик, и от его дыхания мои волосы разлетелись в разные стороны. — Это он ловко придумал!

— Зато так я смогла укрыться от его приспешников! — возразила я и указала на свою норку, слишком маленькую для кролика. — Зато они меня не поймали!

Кролик снова фыркнул, и на этот раз струя его дыхания опрокинула меня на землю.

— Хоть какое-то утешение! — гневно произнёс он. — Спряталась в мышиной норе! Храбрый Воин! Вот уж над нами посмеются!

— Мне всё равно! — Я вскочила на ноги. — Зато я жива!

И я решила, что сейчас не время переживать. Не нужно размышлять, почему я стала крошечной и что теперь с этим делать. Если я начну об этом думать, я погибну. Дикий меня заколдовал, и никто мне не поможет; но я всё ещё жива и пророчество всё ещё действует.

— Теперь я должна его победить, — сказала я, и мой голос слегка задрожал. — Как сказано в пророчестве. А дальше будет видно.

— Дальше будет видно! — фыркнул кролик. — И как ты собираешься это сделать? Вскарабкаться по его штанине до бороды и прокричать ему в ухо, что ты пришла, чтобы с ним сразиться? Уверен, от страха он помрёт на месте.

— Кролик, перестань! — сказала я. — Я тоже не знаю, как всё будет! Но если пророчество гласит, что...

— Пророчество! — вскричал кролик и стал вертеться вокруг своей оси, будто желая поймать свой коротенький хвостик. — Пророчество!

— Во что же мне ещё верить? — тихо произнесла я.

Кролик остановился и запыхтел, утомлённый своим танцем.

— Теперь уже всё равно, — сказал он и упал в траву, отчего под моими крошечными ногами задрожала земля. — Хуже уже не будет.

И как ни странно это звучит — меня это утешило.

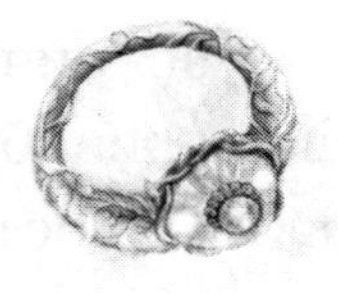

18

Верхом на кролике

Одно преимущество, по словам кролика, у моего нового роста всё же было: теперь мы будем продвигаться быстрее. Нести такого маленького человечка на спине было совсем не трудно, а поскольку теперь ему не приходилось приноравливаться к моей медленной ходьбе, мы могли уже с началом сумерек выйти из леса и добраться до Фермы-на-краю.

Кому-нибудь из вас доводилось ездить верхом на кролике? Да, знаю, я бы и сама рассмеялась, задай мне кто-нибудь такой вопрос — тогда, в моей прошлой жизни, когда моей единственной заботой были оценки по математике и хочет ли ещё Катя быть моей лучшей подругой. Когда я была такого же роста, как и все остальные, то есть довольно большой — нет, возможно, слишком малень-кой для своего возраста, но всё же.

Теперь я была такой малюсенькой, что, сидя на спине кролика, могла зарыться глубоко в его шерсть, где было тепло и мягко, и я крепко держалась за неё.

— Всё хорошо? — спросил кролик, мчась через лес, и стволы деревьев со свистом проносились мимо, как в кино.

— Всё в порядке! — ответила я, и при этом мы оба знали, что ничто, ничто не в порядке.

Но сдаваться нельзя, сказала мама, когда папа вдруг однажды собрал вещи и переехал жить к той женщине с уродливыми ногами, с которой познакомился в своём спортивном клубе.

Конечно, поначалу мама плакала и орала на меня, как будто это была моя вина. Хотя моей вины в этом не было.

Но потом она взяла себя в руки. Прошло совсем немного времени, и мама снова овладела собой, сказав, что никогда нельзя сдаваться и что мне следует это запомнить. Сдаваться в любом случае — отстой.

— Сдашься, когда умрёшь, — заявила мама. — Но до тех пор борись. Пока жив, нужно бороться.

Вскоре она получила должность в своей прежней фирме, хотя совсем на это не рассчитывала, а через полгода призналась, что уже не уверена, что теперь ей живётся хуже, чем прежде, с этим мужчиной.

Зато я была уверена. Я хотела, чтобы папа вернулся.

В этом вопросе мы с мамой не могли прийти к соглашению, но её слова о том, что сдаваться нельзя, я запомнила. Так в очередной раз убеждаешься, что некоторые знания могут пригодиться в самый неожиданный момент.

— Кролик, мы не сдадимся, — пробормотала я в мягкую тёплую шерсть, и у меня по щекам потекли слёзы. — Сдаться можно, только когда умрёшь. Но до этого нужно бороться, — и я почувствовала, как во мне снова проснулся страх: ведь под «бороться» мама имела в виду что-то совсем иное, чем то, чем предстояло заняться мне.

Я должна по-настоящему бороться против Дикого Деспота — а я такая маленькая и совсем безоружная.

Кролик остановился и засопел.

— Ты совсем не тяжёлая, — сказал он. — Только я всё время боюсь, что ты упадёшь! Боюсь, что потеряю тебя!

— Не переживай, я способна о себе позаботиться! — сказала я и вытерла слёзы.

Кролик обернулся ко мне:

— Неужели? Почему же ты не позаботилась о том, чтобы его головорезы тебя не заколдовали? Я оставил тебя одну всего на мгновение, я забился в норку всего на секунду — и бац! Ты уже уменьшилась! Позаботится она! — Это прозвучало так злобно, что мне захотелось тут же спуститься и пойти дальше пешком.

Но мне нужно было кое-что ему сказать. Я уже давно об этом размышляла — во всём этом было что-то странное.

— А зачем им было это делать? — спросила я. — Его головорезам? Зачем им меня заколдовывать, если из-за этого я стала такой крошечной, что они не смогли меня отыскать? Это же глупо!

— Откуда мне знать, о чём думает Дикий? — разозлился кролик. — Почём я знаю, что он замышляет? Наверное, он решил, что в виде карлика ты не представляешь для него опасности и что так ему проще с тобой совладать!

— Но я бы точно так же не представляла для него опасности, если бы головорезы связали меня и доставили к нему! — возразила я. — В цепях, без оружия! Он бы швырнул меня в темницу. А так я по-прежнему на свободе и могу с ним сразиться!

Кролик так сильно затряс головой, что я чуть не слетела с его спины.

— Да уж, что его точно напугает, так это твои мысли! — воскликнул он. — Ты слишком много думаешь!

Я крепко вцепилась в его шерсть, чтобы не соскользнуть, и тут мой взгляд упал на мои руки. И я снова увидела кольцо.

— Кролик, — пробормотала я, — ты не думаешь, что это всё-таки кольцо...

Я сняла кольцо с пальца — и, стягивая его, почувствовала, что расту. Трава снова исчезла под ногами, а сучья деревьев рванулись мне навстречу.

— Слезай! — завопил кролик. — Что ты вытворяешь?! Хочешь меня раздавить?!

— Кролик! — вскричала я и схватила его за загривок, чтобы заглянуть ему в глаза. — Я снова большая!

— Я заметил, — с достоинством ответил кролик. — Опусти меня на землю.

Я во все глаза смотрела на кольцо в своей ладони.

— Ну конечно же это кольцо! — сказала я. — Ну как ты не понимаешь? Меня спасло кольцо!

— Я думал, что ты перед этим уже всё перепробовала, — ответил кролик. — Ты его крутила, вертела, загадывала желания и произносила всю эту абракадабру. И ничего не происходило!

— Да, тогда действительно ничего не происходило, — согласилась я. — Но когда головорезы гнались за мной по пятам, кольцо кузнеца мне помогло. — Я протянула его кролику, и кролик его обнюхал, мягко пощекотав усами мою ладонь. Теперь его дыхание уже не могло сдуть меня с места.

— И как же это? — спросил кролик. — Скажи на милость, как?

— Может быть, это кольцо, которое делает своего владельца маленьким? — предположила я.

— С чего вдруг? — возразил кролик. — Раньше же оно тебя не уменьшало!

— Но я этого и не загадывала! — сказала я и снова надела кольцо, а моё сердце испуганно билось в груди, потому что уменьшаться ещё раз я не желала — но выяснить правду очень хотелось.

— Ну вот, пожалуйста! — удовлетворённо воскликнул кролик. — Ничего не произошло.

— Сделай меня маленькой! — попросила я и повернула кольцо. — Сделай меня маленькой!

Но земля не стала ближе, и я вздохнула с облегчением.

— Как я уже говорил, — заявил кролик, и на этот раз он выглядел очень довольным, — к кольцу это не имеет никакого отношения. Как бы ты его ни крутила и ни вертела, ты остаёшься такой, какая есть. Вот тебе и доказательство. Тебя заколдовали его приспешники.

— А почему же тогда я снова стала большой? — воскликнула я. — Сейчас, когда сняла его? Когда его приспешников даже поблизости нет?

Кролик пожал плечами — правда-правда, он это сделал.

— Наверное, это было временное колдовство, — объяснил он. — Которое длится всего час или два. Если Дикий наделяет своих головорезов магической силой, то наверняка только на время; чтобы они своим могуществом не превзошли его самого.

— Ты так думаешь? — сказала я, но на всякий случай спрятала кольцо обратно в карман брюк. Внезапно стать крошечной — этого мне хотелось меньше всего.

Пока мы с кроликом бежали дальше через лес, я чувствовала себя свободной и лёгкой. Зеркало я потеряла, но кольцо кузнеца по-прежнему было у меня. И хотя я точно не знала, в чём заключается его магическая сила, я, в отличие от кролика, не сомневалась, что стоит мне оказаться в опасности, оно мне поможет — потому что так гласит пророчество. Я снова обрела уверенность.

— Как ты думаешь, ещё далеко? — спросила я, когда на лес стали спускаться сумерки и деревья перестали отбрасывать тень. — Думаешь, нам удастся добраться до Фермы до наступления темноты?

Ответить кролик не успел — земля подо мной внезапно разверзлась, и я рухнула в пропасть.

19

Ловушка

— Кролик! — вскричала я, когда снова открыла глаза. Я была жива! — Кролик, ты здесь?

Я могла пошевелить руками и ногами, но в голове гудело, а из раны на руке сочилась кровь. Серое вечернее небо надо мной постепенно становилось чёрным. Я угодила в западню.

Я осторожно ощупала ветки и сучья, упавшие вместе со мной в яму. Надо же такому случиться! Стоило мне почувствовать себя в безопасности, как меня поймали головорезы. Кто знает, сколько ловушек осталось позади, на пути через лес? Кролик был лёгкий, даже со мной на спине, и благодаря этому не провалился сквозь ветки.

— Кролик? — прошептала я. Но вокруг было тихо.

На небе мерцали звёзды, на дереве одиноко кричал сыч. Из-за облаков выплыла луна, и я различила тень большой птицы. Она висела надо мной в воздухе, и я поняла, что её глаза пронзают даже ночную тьму. И мне стало ясно, что они скоро придут.

Я забилась в дальний угол ямы и крепко зажала в ладони кольцо. Как бы страшно мне ни было и что бы ни случилось, пророчество гласит, что я одолею Деспота. Они меня не убьют.

По мягкой земле раздались тяжёлые шаги — это шли головорезы. Они прочёсывали лес и проверяли свои ловушки: на этот раз они не останутся без добычи.

Шаги приближались; никаких копыт, никаких лошадей. Головорезы пришли пешком, чтобы изъять добычу, и я надела на палец кольцо, повернула его и стала ждать.

Я ждала. Верила ли я, что кольцо сделает меня невидимкой? Не знаю. Знаю только, что я сидела в яме в полном одиночестве и ждала, когда меня найдут враги — или когда меня выручит кольцо.

На этот раз оно мне не помогло. Я поняла, что не стала невидимой, когда, едва различимая в темноте, над ямой склонилась чья-то тяжёлая фигура и раздался злобный смех.

— Взгляни-ка! — произнёс грозный голос. — У нас снова добыча! И кто же на этот раз? — И я почувствовала, как мне в грудь ткнулось остриё копья.

— А теперь наверх, наверх, наверх! — воскликнул страшный голос, и к моим ногам упала верёвочная лестница. — Здесь ещё никто не ночевал!

Я выбралась наверх. В голове гудело, а руку пронзала боль, и я всё ещё надеялась на кольцо; но оно бросило меня на произвол судьбы.

— Вот так сюрприз! — крикнул головорез, извлекая меня из ямы. — Маленькая девочка! Он что, задумал нас обхитрить? Да за кого он нас принимает?!

Сильная ладонь схватила мою руку и поставила меня на ноги. Затем он перекинул меня через плечо и понёс как мешок.

Он пришёл один — сильный мужчина с седыми волосами и длинной бородой, и на нём не было жутких доспехов. На нём был кожаный жилет и высокие мягкие сапоги — и я этому немало удивилась.

20

Ферма-на-краю

Он нёс меня в темноте через лес, и если я забывала поостеречься, то ударялась головой о ветки. Он шёл быстро, явно зная дорогу, а кольцо на моём пальце было просто кольцом, не способным ни на что повлиять.

Наконец между деревьев мелькнул свет — приветливый тёплый огонёк из маленьких окошек под соломенной крышей, и я вдруг сообразила, где нахожусь.

— Ферма-на-краю! — воскликнула я и задёргалась у него на спине. — Ты никакой не головорез. Это недоразумение!

Она стояла прямо передо мной — Ферма-на-краю, пригнувшаяся под звёздным небом, и из её трубы приветливо валил дым, из окон лился тёплый свет, а из стойл доносились спокойные вечерние звуки.

Трудно поверить, что за пределами Леса-из-которого-не-возвращаются может существовать такое место — мирное и уютное, в самом центре мрачной страны злодея!

— Я так рада! — воскликнула я и снова попыталась вырваться. — Мы вас искали, кролик и я, но лес такой тёмный, а враги мчались за нами по пятам! Мы боялись, что уже не найдём эту Ферму!

Мы добрались до Фермы, и мужчина подошёл к одному из сараев, отодвинул задвижку и, открыв дверь, втолкнул меня внутрь, в тёмное и холодное помещение, в котором не было ни окна, ни лавки, чтобы сесть. И ни одной свечи, которая бы развеяла непроглядный мрак.

— Значит, ты боялась, что не найдёшь Ферму! — произнёс мужчина, и его фигура заполнила собой весь дверной проём. — Ну тогда радуйся! — Он схватил мои руки, обмотал их верёвкой и, завязав узел, продел её через кольцо в двери.

— Это недоразумение! — крикнула я. — Я Храбрый Воин!

Но крестьянин лишь плюнул мне под ноги.

— Посмотрим, сколько это продлится на этот раз! — воскликнул он. — Маленькая девочка! Ха! — И он с грохотом закрыл за собой дверь. И задвинул засов.

— Кролик? — прошептала я. Разумеется, я была одна. От головорезов я ушла и теперь сидела взаперти на Ферме, на которой надеялась найти помощь.

Почему крестьянин меня не узнал? Почему решил, что меня прислал Деспот? Я ведь пришла с запада, через Лес-из-которого-не-возвращаются, как и предвещает пророчество. Почему он мне не поверил, когда я сказала, что я Храбрый Воин?!

Мне нечего было бояться. Всё происходящее — явное недоразумение, и когда дверь снова откроется, я всё объясню. Они здесь наверняка ждут Освободителя, Храброго Воина, то есть меня! Я им скажу, кто я такая. И они попросят у меня прощения.

Задвижка скользнула в сторону, почти бесшумно, и дверь со скрипом приоткрылась. Внутрь прошмыгнула чья-то тонкая фигурка, и дверь захлопнулась.

— Эй! — прошептала я. — Эй, кто сюда вошёл?

Напротив меня стоял мальчик. Он был такого же роста, что и я, и примерно одного со мной возраста, а его волосы торчали во все стороны. И он смотрел на меня как на диковинного зверя.

— Вы ошиблись! — сказала я. — Не знаю, за кого меня принял фермер, но я...

Мальчик не дал мне договорить.

— А я не верил, — изумился он. — Они всё время об этом твердили, но я не хотел в это верить!

— Во что? — спросила я. Он был босиком, а в руке держал губную гармошку.

— Что существуют такие, как я! — объяснил мальчик. — Такие же незавершённые люди. Я всегда считал, что я неправильный. Что со мной не всё в порядке. И ростом не вышел, и ловкостью не отличаюсь... — Он пожал плечами. — Дети, — добавил он. — Они сказали, что такие люди, как я, называются детьми. И что в этом нет ничего ненормального.

Я почувствовала, как по моему телу побежали мурашки.

— Ну конечно же они называются детьми, — сказала я. — А ты как думал?

Он осторожно коснулся моей руки.

— Девочка, — сказал он. — Как и говорил мой отец. Как ребёнок сюда дошёл? Через Лес-из-которого-не-возвращаются, минуя головорезов? Он посылает за нами лишь своих созданий, снова и снова — таких, как ты, — и мальчик испуганно отдёрнул руку и отступил в темноту. — Мне нельзя здесь находиться, — объяснил он. — Но отец сказал: на этот раз Дикий придал своему созданию облик девочки! И мне захотелось наконец увидеть, кто это такой — ребёнок. — Он замолчал и только смотрел на меня, а я пыталась представить себе, каково это — ни разу в жизни не видеть другого ребёнка.

Конечно, порой с Катей бывает непросто — особенно когда она ведёт себя как дурочка и норовит командовать или когда играет с Назрин; но она хотя бы существует и большую часть времени является моей подругой. Я бы уж согласилась играть с мальчишками, например с Михой или с Криши, чем остаться совсем без компании детей.

Я могла бы пожалеть этого мальчика, но он даже теперь не верил, что я настоящий ребёнок.

— Я не его создание! — настаивала я. — Я настоящий ребёнок, поверь мне! Я шла к вашей ферме, но угодила в ловушку твоего отца, и теперь он считает, что я...

— Ещё ни одному человеку не удавалось дойти до нашей фермы через Лес-из-которого-не-возвращаются, — сказал он. — Минуя головорезов Дикого. Мы ждём уже много-много лет, но лес такой густой и непроходимый, а его головорезы караулят на каждом шагу. — Он внимательно посмотрел на меня. — Через лес могут пройти только его создания. И мы ловим их в наши ямы-ловушки — как тебя.

— Ну что мне сделать, чтобы ты поверил? — спросила я. — Я не создание Дикого! Позови своего отца. Я хочу ему всё объяснить, немедленно!

Но мальчик лишь покачал головой и поднёс к губам гармошку. Он начал наигрывать мелодию, и она была такой прекрасной и печальной, что я больше не могла оставаться отважной. Я сумела пройти через Лес-из-которого-не-возвращаются: впервые с незапамятных времён человек преодолел этот лес — и этим человеком оказалась я. Но теперь я сидела здесь в плену, и никто не хотел поверить, что я Храбрый Воин.

Мальчик наигрывал свою мелодию, а мне вспомнилось, как за мной гнались головорезы и едва меня не поймали; как я стала маленькой, а потом снова большой — а теперь всё оказалось напрасным. По щекам потекли слёзы, и я почувствовала себя такой уставшей, отчаявшейся и одинокой и не знала, насколько меня ещё хватит — сколько я ещё смогу не сдаваться.

— Она плачет! — вдруг прошептал мальчик. Он отложил губную гармошку и смотрел на меня не мигая. — Она плачет! У неё слёзы! — Он рывком открыл дверь и вылетел наружу, от волнения даже забыв её за собой закрыть.

Поэтому я и увидела, как ко мне через двор бегут фермер и его жена, а за ними, подпрыгивая, несётся мальчик.

— Она плачет! — то и дело кричал он. — У неё слёзы!

Они остановились в дверях, и фермер поднял свечу и посветил мне в лицо.

— У неё слёзы! — подтвердил он, и в его голосе было такое удивление, будто я только что исполнила невероятно сложный трюк — мостик на подвижной опоре, например, или фляк. — Раджун прав. Она плачет, у неё слёзы.

Я вытерла лицо рукавом, но ведь красные глаза никак не спрячешь. Мне было очень стыдно. Храбрый Воин не плачет как дитя.

— Развяжи её! — решительно заявила женщина. — Ты что, не видишь, что она ранена? Я ведь тебе сразу сказала: я не верю, что он отправит к нам детей. Я тебе сразу сказала, что она не его создание!

Я ловила каждое их слово. Я не понимала, как мои слёзы могли показать, являюсь я созданием Деспота или нет, а красные глаза всегда казались мне уродством.

— А если он об этом проведал? — спросил фермер. — Ты же знаешь, что у него медальон, Символ кузнеца! Ты же знаешь, что кузнец у него! Так почему не может случиться так, что теперь он наделяет свои создания и слезами?

Но его жена уже стояла возле меня и развязывала путы.

— Почему?! — со злостью крикнула она. — Почему?! Да потому что он убивает чувства, вот почему. Его создания неспособны испытывать ничего, кроме злости и ненависти. Поэтому они не умеют плакать! И будь уверен: чего ему никогда не удастся — так это подарить им способность плакать. Или смеяться, — и она швырнула мои верёвки на пол. — Бедная девочка, — сказала она и прижала меня к себе. — Бедная, бедная маленькая девочка.

Тут стало уже совершенно неважно, какими уродскими казались мне покрасневшие глаза. Когда мне хочется плакать — я плачу.

— Надеюсь, ты знаешь, что делаешь! — проворчал фермер. — У кузнеца дар! А теперь кузнец — пленник Дикого.

Фермерша метнула на него похожий на молнию взгляд, топнула ногой и заявила:

— Мне не хочется тебе об этом напоминать, поскольку я знаю, что это причиняет боль: но почему кузнец у него? Перед нами девочка, которая плачет; раненое дитя, которое в одиночестве преодолело долгий путь через лес и нашло нас. И я не стану сейчас вести себя как его создание, отказывая ей в помощи и в укрытии! Если мы сейчас решим действовать как он — тогда не нужно было терпеть все эти годы!

Фермер посторонился, и его жена вывела меня во двор, а мои слёзы всё текли и текли.

— Как здорово, что вы заметили свою ошибку! — прохрипел знакомый голос. — Я всё думал...

— Кролик! — вскричала я. Я и не предполагала, что смогу так радоваться встрече с ним. — Где ты был?

— Следовал за вами, — сказал кролик. — Ты же не подумала, что я брошу тебя на произвол судьбы? Только вот я всё время размышлял...

И тут я поняла, что кролик не очень-то смелый — но всё равно была очень рада, что он снова со мной.

— Глупый кролик! — сказала я.

— А по-моему, совершенно очевидно, кто тут глупый, — фыркнул кролик.

Фермер открыл дверь.

21

Рассказ фермера

— Ты наверняка проголодалась, — сказала фермерша и мягко усадила меня на лавку в кухне. В плите потрескивал огонь, на подоконниках горели свечи, а на подстилке спал старый лохматый пёс. Я тоже почувствовала усталость — такую уютную и пронзительную, какую чувствуешь, когда знаешь, что тебя ждёт безопасный ночлег.

— Покажи-ка мне свою ладошку, — сказала женщина, осмотрела мою рану и поставила на плиту кастрюлю с молоком. Затем принесла бинт и налила мне в кружку молока. — Бедная маленькая девочка! Какая же ты смелая! Прошла через Лес-из-которого-не-возвращаются, да ещё и совсем одна!

— Ну, не совсем одна, — возразил кролик и деликатно откашлялся. — Не хочу хвастаться, но я нёс её на спине, когда её заколдовали — так что в полном одиночестве она не была, нет.

Фермерша рассмеялась.

— Как мы могли о тебе забыть! — сказала она. — Кролик-герой! А зачем вы пошли через лес? Разве вы не знаете, кто властвует в этих краях?

— Деспот, — прошептала я, и молния за окном прорвала ночное небо, и гром прогремел так громко, как будто хотел разрушить стены. Свечи на подоконниках потухли. — Дикий, — добавила я. — Я должна его победить, потому что так сказано в пророчестве. Я Храбрый Воин.

И тут фермер, который до этого тихо сидел на своём стуле рядом с плитой, рассмеялся — он смеялся так громко, что заглушил гром.

— Храбрый Воин! — воскликнул он и вскочил на ноги. — Думаешь, мы не знаем, кто такой Храбрый Воин? Думаешь, мы не ожидаем его с незапамятных времён? Чтобы Лес-из-которого-не-возвращаются снова стал мирным и безопасным, — тихо добавил он. — Как бывало раньше: мирный лес, через который к нам приходили живущие по ту сторону друзья. Они приходили на праздники, а также чтобы купить у нас зерно и телят. Думаешь, мы не ждём, мучаясь каждый день, когда он наконец избавит всех от Дикого, сделавшего нас своими пленниками прямо здесь, на нашей ферме, последней свободной точке в сердце его территории?

Я кивнула. Я и сама знала, что мне трудно поверить.

— Я Храбрый Воин, — повторила я. — То есть Храбрая Воительница.

Фермер подошёл к комоду, выдвинул ящик и достал оттуда картину размером с ладонь. Картина была в раме, которую я узнала.

— Символ кузнеца! — воскликнула я и посмотрела на сучья, ветки и листья.

— Что тебе известно о кузнеце? — спросила фермерша. Но фермер не дал мне времени ответить.

— Храбрый Воин! — сказал он, держа картину прямо перед моими глазами. — Вот он! Посмотри на него хорошенько! Это Храбрый Воин, которого мы ждём! Эту картину нам оставил кузнец, когда он... — фермер вздохнул и прокашлялся, — ...когда ему пришлось уйти. Это Храбрый Воин. Он избавит нас от Дикого.

Я посмотрела на картину и подумала, что так и должен выглядеть Храбрый Воин: молодой мужчина, высокий и сильный, с сияющими глазами, волевым подбородком и такими мышцами, какие бывают у пластиковых фигурок, с которыми играются мальчишки, пока они маленькие. Красивый, сильный принц: так должен выглядеть тот, кто собирается победить злодея.

И всё-таки судьба распорядилась иначе. И Храброй Воительницей оказалась я.

— Кузнец оставил нам это изображение, чтобы мы смогли распознать Воина, — сказал фермер. — И я поклялся его ждать и оказать ему любую посильную поддержку в его ужасной борьбе — даже если это будет стоить мне жизни.

— Расскажи ей почему, — сказала фермерша, и в её голосе послышалось сочувствие.

Я смотрела на фермера и ждала.

— Это было давно, — начал он и снова опустился на стул. — В те времена Дикий, как и сейчас, царствовал над всей округой: камни и вода, растения и животные — все подчинялись ему. Однако что ему никак не удавалось — так это поработить людей. Потому что у людей есть сердце.

— И они знают, что такое добро и что такое зло, — добавила я, и фермерша улыбнулась. А её супруг продолжил:

— Откуда он узнал о Символе кузнеца — никому не известно. Но слухи, что у кузнеца дар, ходили уже давно, и однажды утром, проснувшись, мы увидели над лесом чёрный дым. Мы поняли, что горит кузница, и, хотя нам не хотелось в это верить, сердцем почуяли, что именно произошло.

— Дикий напал на кузницу, — сказала я. — И украл Символ. И взял в плен кузнеца.

Кузнец кивнул.

— Мы весь день надеялись, — сказал он. — Мы ждали и надеялись. Когда наступили сумерки, мы услышали топот копыт.

— Головорезы! — прошептала я.

Фермер тяжело задышал.

— Как только стемнело, они прискакали из леса, в своих чёрных доспехах, — сказал он. — На чёрных лошадях. Но ужаснее всего был он сам. Он скакал впереди, в белых доспехах на сером коне, и это белое пятно холодом сияло во мраке — а перед ним, опутанный цепями, сидел кузнец. — Он замолчал и взглянул на жену, как будто прося о помощи. Но она молчала. — Они потребовали разрешения разбить у нас лагерь, — продолжил фермер. — На одну ночь. Они напоили своих лошадей, привязали их и разожгли костёр. Потом они улеглись спать, а их караульные сидели и пили бренди. — Он вздохнул. — Но кузнец лежал, связанный, в той темнице, куда вначале притащил я тебя. Они держали его в плену, а перед дверью выставили караул, чтобы он не сбежал.

— И что? — спросила я. — Что было дальше?

— Ты должен это рассказать, — тихо проговорила фермерша. — Должен.

Фермер решительно посмотрел мне в лицо.

— Караульные уснули, — сказал он. — Они напились, стали горланить песни, а потом уснули. Понимаешь? «Иди и освободи его! — прошептала жена. — Иди и освободи кузнеца! Сейчас вас никто не увидит!» Но я будто окаменел.

— Почему ты его не освободил? — спросила я.

Фермер опустил голову, плечи его поникли.

— Потому что мне было страшно, до ужаса страшно! — признался он. — Я боялся, что караульные проснутся и разбудят Дикого — мне было так страшно! — Он закрыл лицо руками, но через некоторое время продолжил: — «Тогда это сделаю я!» — прошептала жена. Она уже собралась идти и освободить его, но я испугался, что караульные её схватят, и удержал. И мы оба не пошли — и кузнец остался во власти Дикого.

— Мне тоже очень часто бывает страшно, — сказала я, но подумала, что это немного другой случай — когда боится девочка, которой всего десять лет и которая ростом даже ниже своих сверстников. А фермер — он же такой сильный!

— Она пыталась вырваться, — прошептал фермер, — но я её крепко держал. «Нет! Нет!» — закричала она, и караульные тут же проснулись и поняли, что она собиралась сделать.

— И что дальше? — в ужасе спросила я.

Фермер взглянул на жену, но, как и в прошлый раз, она не пришла ему на выручку.

— Дикий нас пощадил, — наконец сказал он. — Он заявил, что это нам в наказание: он не будет нас трогать, и нам до самого конца придётся наблюдать, как гибнет наша страна, потому что мы станем его последней жертвой. — Фермер вскочил со стула. — Ты что, не понимаешь?! — закричал он. — Это я виноват, что кузнец до сих пор во власти злодея! Это моя вина, что благодаря кузнецу Дикий получил власть над людьми! И всё только потому, что мне не удалось побороть свой страх...

— Но ведь это неправда! — затараторила я. — Дикий поймал кузнеца ещё до того, как прибыл к вам! И ты ничего не мог поделать.

— Всё могло бы сложиться иначе, если бы я сделал то, что мог сделать, — устало произнёс фермер. — Это моя вина. И я не забуду этого до конца жизни: я мог это сделать — но не сделал.

— Это нормально, — возразила я. Мне всегда становится плохо, когда я вижу, как убиваются взрослые. — Так ведь всегда! — И я вспомнила всё, что могла бы сделать, но так и не сделала, и такие вещи случались каждый день: убрать со стола после завтрака перед тем, как пойти в школу; позволить Назрин играть с нами; не смеяться над мальчишками, когда они ревут, набив себе шишки. — Ни один человек не делает всего, что мог бы сделать.

Фермер принялся ходить взад-вперёд по комнате, и когда наконец заговорил, я поняла, что он обращается скорее к самому себе, нежели ко мне.

— Да какое же это утешение! — воскликнул он. — Что другие не лучше нас! Это я не освободил кузнеца. Я не сделал того, что мог сделать. — Он замолчал и уставился в огонь, и мне вдруг стало его жаль.

— Дикий иногда объявляется на нашей ферме, — сказала фермерша, понимая, что муж больше не в состоянии говорить. — Он насмехается над нами, благодарит за наше расположение: ведь освободить кузнеца было так просто, поскольку караульные напрочь забыли о своём долге. «Символ теперь у меня, — повторяет он каждый раз, — и я обязан этим только вам. Поэтому позволю вам ещё немного пожить».

Фермер тихо застонал.

— Вот мы и ждём, — продолжала его жена. — Мы так его ждём! И мы сделаем всё, что в наших силах, чтобы помочь Храброму Воину — в этом мы поклялись самим себе!

— Я Храбрая Воительница, — повторила я.

Но меня никто не слушал.

22

Ошибка

Фермер встрепенулся, будто стряхивая с себя оцепенение.

— Теперь ты знаешь всю историю, — сказал он. — Иногда в наши ловушки попадают его приспешники, но они никогда не остаются нашими пленниками надолго: Дикий поражает их молнией, и они превращаются в кучку пепла.

— Он никогда их не освобождает, — сказал мальчик, имя которого я уже знала: Раджун. — Своих людей! Хотя для него это наверняка раз плюнуть. Он предпочитает ими пожертвовать. Это им в наказание за то, что они позволили себя поймать.

— Какой ужас! — пролепетала я.

Фермер кивнул:

— Он ненавидит людей, но и собственных созданий не любит. Любовь неведома ему так же, как радость и счастье...

— ...и печаль и слёзы, — подхватил Раджун.

— ...и горе и боль, — добавила фермерша. — Поэтому он ненавидит и убивает с лёгким сердцем.

— Его головорезы прочёсывают лес, — продолжал крестьянин. — И ещё ни разу человеку не удалось дойти до нас, миновав их всех. Ни разу с тех пор, как сгорела кузница. Ни разу — до сегодняшнего дня.

— Ни разу, ни разу! — воскликнул Раджун. — Как тебе это удалось?

Я посмотрела на кролика, который лежал рядом с дверью, как можно дальше от огромного пса, и делал вид, что не вникает в наш разговор.

— Так гласит пророчество, — осторожно ответила я. — Потому что я Храбрый Воин. Да и кольцо мне помогло.

— Послушай, девочка, — злобно сказал фермер и схватил меня за плечи. — Вон там изображён Храбрый Воин, обещанный нам пророчеством! И как, скажи на милость, ты собираешься одержать победу над злодеем?!

Я не стала говорить, что и сама уже давно задаюсь этим вопросом. В пророчества нужно просто верить.

— Но кольцо, которое тебе помогло? — спросила фермерша. — Что это за кольцо? Ты его покажешь?

Я сняла с пальца кольцо и передала его ей — и она его сразу же узнала.

— Символ кузнеца! — воскликнула фермерша. — Это правда! У тебя кольцо кузнеца!

— Дай взглянуть, — пробурчал фермер и выхватил кольцо у неё из рук. — Кольцо кузнеца. Откуда оно у тебя?

— Мне дала его жена кузнеца! — ответила я и подумала, что теперь-то они должны мне поверить. — Я пришла из зеркала, с запада и при полной луне. Потом я прошла через степь...

— Из зеркала?! — воскликнул фермер. — Ты говоришь, что пришла из зеркала?! И где оно сейчас?

Я опустила голову.

— Я его потеряла, — тихо промолвила я. — В Каменистой Степи, ночью. Но потом мы с кроликом пришли в кузницу, и я...

— Вот видите, она была не одна! — произнёс кролик, но тут же умолк, увидев, что пёс во сне навострил уши.

— Это кольцо дала мне жена кузнеца. Она давно меня ждала.

Фермер медленно опустился на стул и взял в руки картину.

— Ничего не понимаю, — пробормотал он. — Не понимаю...

— Знаю, он больше похож на героя, чем я, — быстро проговорила я. — Конечно, все думают, что Храбрый Воин должен выглядеть именно так! Но я пришла из зеркала, и я...

— А вдруг она говорит правду? — взволнованно произнёс Раджун. — Что, если Храбрый Воин — ребёнок?

— Вздор! — воскликнул фермер. — Думаешь, кузнец не ведал, что творит, когда передавал мне эту картину с изображением Храброго Воина, которого мы должны ждать? Где это слыхано, чтобы ребёнок мог побороть самого сильного и ужасного!

Я не стала говорить, что слышала об этом довольно часто. В сказках. Возможно, здесь таких сказок не знали; да и сказки — не что иное, как вымысел.

— Я не могу это доказать, — сказала я. — Но кролик... зеркало мне принёс кролик! Кролик должен был передать его избранному, а избранным оказалась я. То есть избранной. — Я выжидательно посмотрела на кролика.

Кролик нервно забарабанил лапой по полу.

— Ну? Кролик? Что скажешь? — спросила фермерша.

Кролик прокашлялся.

— Ну, можно сказать и так, — проговорил он, и пёс едва слышно зарычал. Мальчик опустил ему на голову ладонь, и пёс успокоился. — В некотором роде...

— Объясни им! — воскликнула я. — Ты же видишь, что они мне не верят!

Кролик с беспокойством поглядел на собаку, затем снова прокашлялся.

— Ну, наверное, можно сказать, что она в некотором роде Храбрый Воин, — подтвердил он. — Должна быть Храбрым Воином. В некотором роде, так сказать.

— В некотором роде? — спросил фермер. — Так сказать?

— Должна быть? — подхватила фермерша. — Что это значит?

— Это значит, — сказал кролик, и вид у него был такой, будто ему очень хочется убежать, — что она должна быть Храбрым Воином. Она им не является. Но должна им стать.

— Я им не являюсь?! — вскричала я.

— Она должна стать Храбрым Воином, потому что она, к сожалению, прошла через зеркало по ошибке...

— По ошибке?! — воскликнула я. — Ты принёс мне зеркало! Ты сказал, что меня ждёт важное задание!

— Да-да, я так и сказал, — быстро проговорил кролик. — Но дело в том, что... — он вздохнул, — я ошибся.

Я уставилась на его коричневую шёрстку, за это время ставшую для меня такой родной, и комната поплыла у меня перед глазами.

— Мне дали поручение, — объяснил кролик, и теперь он говорил так быстро, что стало ясно: он был рад наконец-то рассказать свою историю. — Я должен был принести зеркало Храброму Воину. Зеркало мне вручил сам Хозяин — зеркало и карту, но я сразу сказал: возможно, я ещё не готов, Хозяин! Я ведь всего лишь кролик. Но он только рассмеялся. А я потерял карту. Карту, на которой было отмечено, где именно я найду Храброго Воина.

— Ты потерял карту?! — вскричал фермер.

— Да, но только карту! Зеркало потерял не я! — воскликнул кролик. — Зеркало я оберегал. Но потом я решил отдохнуть... впрочем, в каком-то совершенно несуразном месте.

— И вовсе не в несуразном! — воскликнула я. На мгновение в комнате стало тихо, и я вспомнила, как выглядит наша улица, когда опускаются сумерки и мальчишки громко кричат на футбольном поле, а матери созывают своих детей домой: это лучшая улица в мире.

— ...я ещё раз тщательно осмотрел свою сумку — вдруг карта всё ещё там, — и при этом оттуда выпало зеркало.

— И я его подняла, — прошептала я.

Кролик энергично закивал.

— Всё так и было! — сказал он. — И я подумал: что скажет Хозяин, если я вернусь уже через пять минут ни с чем? Если мне придётся признаться, что я не заслуживаю его доверия?

— Трус! — презрительно фыркнул Раджун.

Но кролик не обратил на него внимания:

— А потом я сказал себе: почему бы мне не попытать счастья с ней? Может, она отыщет способ освободить нашу страну. А если нет — у неё всегда будет при себе зеркало и она в любой момент сможет вернуться. А я скажу Хозяину, что, по крайней мере, пытался выполнить его поручение. Зато не нужно будет признаваться, что я ошибся в первые же пять минут.

— Трус! — повторил Раджун, и на этот раз кролик его услышал.

— Да, это была трусость, — дерзко заявил он. — Но откуда мне было знать, что она потеряет зеркало и мы не сможем вернуться обратно?!

Фермер схватил кролика за шкирку.

— Значит, настоящий Храбрый Воин теперь к нам не придёт? — спросил он. — Значит, пророчество никогда не сможет исполниться и все мы здесь останемся во власти Дикого только потому, что кролик допустил ошибку и ему не хватило смелости в этом признаться?!

Ответа я не услышала, но я его и без того знала. Я лишь почувствовала, как комната закружилась перед глазами, всё быстрее и быстрее.

Я не была Храбрым Воином; меня не защищало никакое пророчество. Я была Анной, десяти лет от роду, немного низковатой для своего возраста; я находилась в Стране-по-ту-сторону, в царстве Дикого Деспота, и я потеряла зеркало и больше не могу вернуться домой. Никогда.

Комната всё кружилась и кружилась; а потом всё почернело.

23

Не та может оказаться той

Я уже говорила, что никогда нельзя сдаваться?

Я уже говорила, что нельзя сдаваться, пока ты жив?

Какая глупая, глупая фраза, какие глупые слова! Их наверняка выдумал тот, с которым никогда, ни разу в жизни не происходило ничего по-настоящему страшного. Потому что когда страшно, у человека вообще не остаётся выбора.

Я поняла это здесь, в эти дни, на скамье в кухне Фермы-на-краю. Тогда вообще невозможно решить, хочешь ты сдаться или нет. Потому что страх и отчаяние могут быть настолько велики, что ты просто лежишь как парализованный, даже если прежде тысячу раз повторял, что не хочешь сдаваться.

Не знаю, сколько дней я так пролежала. Знаю только, что каждый раз, когда я открывала глаза, передо мной всегда горел красный свет. Помню чью-то прохладную ладонь у себя на лбу. Но я была не дома, и рука принадлежала не тому, кто мог бы меня утешить.

Обратно меня вернула музыка — тихая мелодия, сыгранная на губной гармошке, и, ещё не открыв глаза, я уже знала, что буду жить.

— Она открывает глаза! — воскликнула фермерша. — Она пришла в себя! — И я снова ощутила её руку, когда она приподняла мою голову, поднося к губам кружку. К своему удивлению я заметила, что очень хочу пить и есть.

— Она пьёт! — вскричала фермерша. — Пьёт!

И они выстроились передо мной в ряд, все четверо: фермерша, фермер, мальчик и кролик; и даже пёс нехотя поднялся со своего коврика, будто для того, чтобы посмотреть, что происходит.

— Знаешь, сколько ты проспала? — спросила фермерша. — У тебя была высокая температура, и мы уже испугались, что... — Она не сказала, что они опасались за мою жизнь, но я знала, что именно это она имела в виду.

Мне захотелось сказать ей, что моя жизнь вне опасности, поскольку мне предстоит исполнить пророчество — и тут я всё вспомнила.

Пророчество относилось не ко мне, а я всего лишь ребёнок, такой, как все остальные дети, мне десять лет, и я недостаточно высокая для своего возраста. В Страну-по-ту-сторону я попала по недоразумению; но вернуться обратно уже не могу. Я потеряла зеркало.

— Я не собираюсь умирать, — сказала я, и фермерша, рассмеявшись, подала мне ещё одну кружку с молоком. Но мне больше не хотелось пить.

— Но на какое-то время нам показалось, что это произойдёт, — сказала она.

Я кивнула.

— Мне очень жаль, что я не Храбрый Воин, — сказала я, — и не та, кто вам нужен, и что я не могу вам помочь. Мне очень-очень жаль.

— В том, что ты не та, кто нам нужен, нет твоей вины, — сказал фермер и строго взглянул на кролика. — Это ведь не ты совершила ошибку.

— Но я потеряла зеркало, — мужественно произнесла я. Ложное утешение не поможет, часто повторяет мама. Гораздо полезнее посмотреть правде в глаза. — Не потеряй я зеркало — всё было бы не так безнадёжно. Я бы вернулась на лужайку перед своим домом, а кролик попросил бы новую карту и нашёл настоящего Храброго Воина. И вы были бы освобождены. Всё сложилось так плохо именно из-за того, что я потеряла зеркало.

— Всё так плохо из-за того, что я не освободил кузнеца, — сказал фермер.

— Всё так плохо из-за того, — подхватил кролик и прокашлялся, — что я струсил и не сознался в своей ошибке.

Фермерша улыбнулась:

— Вы говорите так, будто каждый из вас хочет доказать, что он виноват больше других. Но у нас всё ещё есть молоко, хлеб и огонь в печи. И злодея здесь пока нет.

Я огляделась по сторонам и ощутила тепло и то, как помогает, когда рядом друзья. И я представила себе, как жила бы на этой ферме, год за годом, пока бы не потускнело воспоминание о родном доме.

Пока бы не пришёл Деспот.

— И что теперь? — спросила я.

Я заметила, что фермер и фермерша переглянулись. Сколько времени я здесь пролежала? Должно быть, они всякое успели передумать и построить самые разные планы.

Фермер подсел ко мне на скамью.

— Мы хотим быть с тобой откровенными, — серьёзно произнёс он. — Надежды мало. Все эти годы мы только и делали, что ждали Храброго Воина — а теперь он не придёт.

Я кивнула. Это была моя вина, моя.

— А что, если эту миссию выполнит кто-нибудь другой? — спросила я. — Например, ты, или жители деревни...

Конечно, я знала ответ. Его мне дал сам фермер — до того, как я слегла.

— Думаешь, мы не пытались? — спросил он. — Мы пытались, снова и снова. Снова и снова мужчины и женщины отправлялись в поход, чтобы выследить и побороть Дикого. Но ни один из них так и не вернулся. Они пропали, и мы о них больше не слышали. Он их либо убил, либо сделал своими приспешниками и заставил плясать под свою дудку, как сотворил это прежде с камнями, растениями и животными. Постепенно мы стали верить в пророчество: в то, что Дикого победит только Храбрый Воин.

— Но Храбрый Воин никогда не придёт, — тихо промолвила фермерша.

— И пророчество не исполнится, — добавила я. — Никогда.

Я снова заметила, как муж и жена переглянулись, и фермер сказал:

— Почему нет? Мы всё размышляли и размышляли, и поначалу нам тоже казалось, что выхода нет.

— Ну скажи ей! — воскликнул кролик. — Скажи наконец!

— Но что, — продолжил фермер, — если мы всё-таки попробуем взять свою судьбу в свои руки? Что, если ты рискнёшь?

— Я?! — От ужаса и изумления я едва не опрокинула кружку с молоком. — Но я ведь не Храбрый Воин!

Фермерша кивнула с серьёзным видом:

— Это мы знаем. Ты ребёнок, и ростом невелика, а теперь ещё и после лихорадки. Но ты единственная, кто может попробовать за это взяться.

— Я?! — испуганно спросила я. — Почему?

— Ты же пришла из зеркала! — взволнованно вскричал Раджун. — С запада, в полнолуние! У тебя есть кольцо кузнеца, специально созданное для того, кто сразится со злодеем. Кому попытаться, как не тебе? Кто, если не ты?

— Я не та, кто вам нужен! — покачала я головой, вспомнив о головорезах Деспота, таких жутких, что ничего ужаснее я и представить себе не могла; и тем не менее они были всего лишь его созданиями, а он гораздо страшнее их. — Я ведь верила, что смогу его одолеть, только потому, что так говорилось в пророчестве! А теперь оказывается, что я вовсе не та, кто имелся в виду! И я намного ниже ростом! И я безоружна! Вы же знаете, что всё это недоразумение! Я не та, кто вам нужен!

— Ты не та, — сказала фермерша, — но ты больше подходишь на эту роль, чем кто бы то ни было.

И тут я поняла, что они действительно так считают, и мне стало так страшно, что я закричала:

— Я не та! Да поймите же вы наконец! Я не та, кто для этого нужен!

На мгновение в кухне повисла тишина, а затем мальчик заиграл на губной гармошке.

Я узнала мелодию.

— Кто сказал, что из не того, кто нужен, не может получиться тот, кто нужен? — спросил фермер и посмотрел мне в глаза. — Если этот человек и правда попытается?

— Та, которая нужна, — пробормотала я — и вдруг поняла, что так оно и есть. Всё остальное в Стране-по-ту-сторону они уже перепробовали. Большой надежды на то, что я одолею Деспота, нет, но если я не рискну — значит, мы проиграли уже сейчас.

Раджун играл на губной гармошке, в плите потрескивал огонь, и в кухне было тепло и уютно. И если бы я осталась там, я бы всегда думала о том, как всё могло бы сложиться. Если бы я осталась, я бы думала о том же, о чём постоянно думал фермер: я не сделала того, что могла сделать.

— Может быть, — прошептала я. — Если вы думаете, что мне это по силам.

— Мы думаем, что это не по силам никому, кроме тебя, — сказал фермер, и его жена обняла меня за плечи.

— Ты очень отважная, Храбрая Воительница, — сказала она.

— Если вы думаете, что мне это по силам, — повторила я.

Я знала, что могу погибнуть, но всё равно собиралась рискнуть. Не та может стать той, если просто попытается.

Я думала и о том, что в противном случае никогда-никогда больше не увижу, стоит ли перед светофором серый грузовик.

И от этого у меня сжалось сердце.

24
Прощание

Ровно в тот момент, когда я подумала, как это ужасно — снова отправиться в путь и остаться совершенно одной, с одним попутчиком-кроликом, Раджун опустил губную гармошку.

— Я пойду с тобой! — заявил он. — Вдвоём мы сильнее. А может быть, и умнее и храбрее. Возможно, вдвоём мы быстрее найдём способ победить Дикого. Я пойду с тобой.

Фермер смотрел на него, вытаращив глаза.

— Ты ещё ребёнок! — вскричал он. — Ты мой сын, и я тебе запрещаю! Неужели ты не понимаешь, как это опасно?!

— Она тоже ещё ребёнок, — тихо промолвила фермерша.

— Но в пророчестве ни слова не сказано о спутнике! — продолжал кричать фермер. — Хочешь нарушить предсказание?!

— Пророчество ничего не говорит и о ней, — сказала фермерша, подошла к нему и обняла, потому что все мы видели, как сильно он напуган.

Фермер застонал от ужаса и закрыл лицо руками.

— Как я могу отпустить родного сына?! — прошептал он. — Как могу допустить, чтобы мой ребёнок сразился с Диким?!

Фермерша молчала, но я знала, о чём она думает. И фермер озвучил её мысли.

Он отнял руки от лица и сжал ладонь жены.

— Я в очередной раз попытался нас защитить, — сказал он и посмотрел на Раджуна. — Я опять не сделал того, что мог сделать, и не позволил случиться тому, что должно было случиться. Но это не помогло, а только принесло в нашу семью горе и отчаяние. — Он едва заметно улыбнулся. — Укрыться от злодея мы не можем, это правда. Уйдёшь ты или останешься — он настигнет тебя в любой момент, когда ему будет угодно. Поэтому отправляйся с ней, сын, — если хочешь, отправляйся с ней.

Я видела, как по его щекам текут слёзы, но как бы мне ни было страшно, я испытывала радость. Ничего не изменилось, и мне по-прежнему предстояло сразиться с Диким, но теперь я была не одна.

— Однако несколько дней вы ещё поживёте здесь! — заявила фермерша. — Дитя должно оправиться от лихорадки, а ты расскажи им всё, что рассказал бы Храброму Воину. А мы в эти дни постараемся как можно реже вспоминать о злодее. — И она подошла к плите, чтобы приготовить еду, а Раджун заиграл на губной гармошке. И хотя последующие несколько дней мы знали, что нам придётся уйти, и знали, что нас ждёт, это время было наполнено светлой радостью.

Солнце освещало Ферму-на-краю, её луга и стойла, и я помогала кормить скот и вспомнила, как сильно мне всегда хотелось провести каникулы с мамой на ферме, что было не так уж и дорого.

Вспомнив об этом, я поспешила взять щётку и стала вычёсывать большую коричневую лошадь, отгоняя эти мысли прочь. Я больше никогда не вернусь к маме — если только смогу побороть Деспота и найду зеркало.

Однажды вечером, ещё до наступления сумерек, фермер подозвал нас к столу.

— Время пришло, — объявил он. — Анна окрепла, и если вы задержитесь здесь ещё, легче от этого не станет. Вы готовы выступить в поход сегодня ночью?

Я повернулась посмотреть на Раджуна и увидела, что он испуган не меньше моего; но всё-таки я была рада, что у нас больше не будет времени на раздумья.

— Если ты считаешь, что сейчас наилучший момент, — сказала я. Дикий мог настичь нас в любом месте, где бы мы ни находились, но мне всё равно было страшно до ужаса.

— Тогда я скажу вам, где его искать, — произнёс фермер. — Я расскажу вам всё, что собирался рассказать Храброму Воину. Потому что Храбрые Воины — это вы.

Мы кивнули и подсели к нему за стол.

— Выступайте после того, как стемнеет, — сказал фермер, — чтобы укрыться от его головорезов. Выступайте ночью, когда прохладно. Потому что перед вами лежит Бескрайняя Пустыня, где безжалостная жара и нещадно палит солнце, а дарующей прохладу тени там нет. Идите через пустыню ночью и берите с собой воду в кувшинах: ведь вплоть до Бурной Реки вы не встретите ни одного источника, а без воды в пустыне не протянете и дня.

— Тогда мы будем идти по ночам, — сказала я.

— Мрак вас прикроет, — кивнул фермер, — но помните: на что бы вы ни наткнулись — на камень или воду, растение или животное, — всё это его создания. Покинув ферму, больше не рассчитывайте ни на чью помощь. Отныне вы в его стране совершенно одни, и кроме друг друга у вас никого нет.

— А ещё у вас есть я, — произнёс кролик и деликатно откашлялся. В последние дни он чаще всего сидел на солнышке и ел, после чего ложился в тень и дремал. — Позвольте вам напомнить: помимо друг друга у вас есть я. Не забывайте об этом.

Раджун рассмеялся:

— Зачем тебе идти с нами? Здесь гораздо спокойнее. Ты правда думаешь, что можешь нам помочь?

Вид у кролика сделался слегка обиженный, но я знала, что он ответит, хотя ответом он нас так и не удостоил.

— Я буду рада, если ты пойдёшь с нами, — сказала я, и фермер вздохнул.

— Тем бережнее вам нужно обходиться с водой, — заметил он. — А теперь слушайте дальше. По границе пустыни проходит Бурная Река. Говорят, она неширокая, но течение в ней совершенно безумное, и второй такой бурной реки нет. Её воды такие стремительные, что пересечь её ещё никому не удавалось. А вам придётся перебраться на другой берег.

— Нам нужно на другой берег? — спросила я. — Хотя ещё никому не удавалось пересечь эту реку?

Фермер кивнул:

— Считается, что там есть какой-то переход. Но никто не знает, как он выглядит и где находится. Возможно, это мост. Вам предстоит его отыскать.

— Значит, всё не так уж сложно, — успокоилась я. — Мосты находить легко — их видно издалека. А если есть мост, то река может быть какой угодно бурной.

Фермер покачал головой.

— Сами увидите, — сказал он. — Только вряд ли это окажется так... — он не договорил. — Ну да ладно. Когда вам удастся перебраться на тот берег, для вас наступят более спокойные времена. Говорят, что Прелестный Край Блуждающих Дорог так прекрасен, что у странника захватывает дух. Там тепло и уютно, из источников бьёт свежая вода, а ветви кустов склоняются под тяжестью ягод. Но что ещё важнее: там ни разу не было замечено ни одного головореза.

— Там нет головорезов? — удивилась я. — И кругом красота, и вдоволь пищи и воды? Почему?

Фермер пожал плечами:

— Так рассказывают люди. Кто пересёк Бурную Реку, тому опасность больше не грозит.

— А потом? — спросил Раджун. — Что будет потом?

— По ту сторону находятся Зловещие Горы, — продолжал фермер, и мне почудилось, будто моей кожи коснулся холодный ветерок. — Они отбрасывают длинные тени на зелёные холмы Прелестного Края. И там в своём мрачном замке живёт Дикий Деспот.

— Зловещие Горы, — повторил Раджун, но его слова заглушили завывания бури.

— А как мы проникнем в его замок? — спросила я. — После того как отдохнём в Прелестном Краю?

— Не будь такой легкомысленной! — в ужасе вскричал фермер. — В Прелестном Краю наверняка хватает опасностей, а то, что мы о них ничего не знаем, возможно, делает их ещё более ужасными.

— Не нагоняй на детей страху, — одёрнула его жена и поставила на стол мою корзинку. — Вот вам припасы на дорожку: свежая вода и хлеб. Корзинка не тяжёлая, и вы сможете нести её вместе; надеюсь, этой воды вам хватит, чтобы добраться до Бурной Реки и не умереть от жажды.

— А как же мы попадём в замок? — снова спросила я у фермера, забыв поблагодарить его жену. Одной рукой она обняла Раджуна за плечи, как будто желая защитить своего сына; а я не хотела чувствовать, до какой степени я одинока.

— Насколько мне известно, в его замке семь башен, — сказал фермер. — В одной из них вы найдёте ворота. Но у кого находится ключ и кто вам его даст — этого я вам сказать не могу.

Я уставилась на него.

— Так как же всё-таки мы попадём в замок?! — вскричала я. — После того как преодолеем все преграды — пройдём по Бескрайней Пустыне, не умерев от жажды, пересечём Бурную Реку, не утонув, и, наконец, минуем Прелестный Край? Для чего мы будем всё это делать? Чтобы в конце оказаться перед запертыми воротами?!

Фермер беспомощно пожал плечами.

— Этого я и Храброму Воину не мог бы сказать, — устало произнёс он. — Я знаю только, что есть ключ, который нужно найти.

— Храброму Воину помогло бы пророчество! — воскликнула я. — Благодаря ему он нашёл бы ключ! А кто поможет нам?

Фермерша погладила меня по щеке, а затем обняла за плечи.

— Вы оба, — серьёзно сказала она. — Вы сами — единственные, кто может вам помочь. И это немало.

Тогда я снова подумала, что другой возможности победить Деспота и освободить от него страну нет — но ещё больше я думала о зеркале и о родном доме.

— Ну хорошо, — вздохнула я.

— Что будет поджидать вас в замке — этого не знает никто, — сказал фермер. — Известно лишь, что Дикий сидит там во всей своей жуткой красе и что вы должны его побороть и вернуть нам Символ. Но как вы это сделаете, неизвестно.

— Что ж, спасибо, — сказала я. Замка в Зловещих Горах я на тот момент боялась меньше всего. Замок находится очень далеко, и прежде чем мы до него доберёмся, с нами может произойти столько всего страшного.

— Думаешь, нам пора? — спросил Раджун.

Фермерша разомкнула свои объятия, и я поняла, что это было прощание.

— Да, идём, — сказала я, и мы дружно подняли корзинку. — Может, нам взять с собой хотя бы одно оружие?

Фермер потряс головой.

— «Он идёт по равнине размеренным шагом, — процитировал он. — Пересекает реку и взбирается на горы. И его единственное оружие — это его отвага». Так говорится в пророчестве. Храбрый Воин, единственное оружие которого — его отвага.

— Но ведь я не Храбрый Воин, вы же знаете! — вскричала я. — Обо мне пророчество вообще не упоминает!

— Если пророчество требует, чтобы это произошло без оружия, — примирительно произнесла фермерша, — мы должны этого придерживаться. И всё, что помогло бы Храброму Воину, — почему это не может помочь и вам?

И я поняла, что упрашивать нет смысла.

— У нас есть губная гармошка, — сказал Раджун. — И кольцо. Однажды оно тебе уже помогло.

— Да, помогло! — согласилась я. — Но ты сам знаешь, что мы не можем выяснить, в чём заключается его волшебство, хотя много раз пытались это сделать!

Раджун кивнул. В последние дни, стараясь разгадать тайну кольца, мы его надевали и крутили, бормотали волшебные заклинания и желали себе всего, что могло пригодиться Храброму Воину: стать больше или меньше ростом, стать невидимкой или научиться летать, стать сильным или научиться читать мысли окружающих. Но кольцо не наградило нас ни одной из этих способностей.

— Я всё равно в него верю, — упрямо произнёс Раджун. — Это кольцо кузнеца, а кузнец знал, что делает, когда изготавливал его специально для Храброго Воина.

— А что, если кольцо могло исполнить только одно желание? — спросила я. — Может, оно растратило всё своё волшебство, когда сделало меня маленькой, а затем снова большой?

Раджун покачал головой.

— Нет, свою силу кольцо не растеряло, — сказал он. — Я знаю. Просто уверен.

— Тогда возьми его, — сказала я, сняв кольцо с пальца и передавая его своему спутнику. — Может быть, ты быстрее выяснишь, в чём его сила.

— Я готов, — сказал Раджун и надел кольцо на палец. И это прозвучало так серьёзно и торжественно, что я поняла: дорога, которая сейчас поведёт меня на восток, больше никогда не вернёт меня на запад.

— Я тоже готова, — сказала я.

Мы тронулись в путь, даже не дожидаясь кролика; а когда оглянулись, чтобы помахать на прощание, мрак уже поглотил ферму.

Нас окружала тишина; но в небе, хрипло крича, кружила большая птица.

25

Дорога через пустыню

Пустыня светилась серебром. Белый песок ловил лунный свет и отражал его тусклым свечением, и земля сверкала как во сне.

— Сколько нам идти? — спросила я у Раджуна.

В глубокой тишине мой голос показался чужим. Покой нарушали лишь наши шаги по мелкому песку да тихое дребезжание кувшинов в корзинке.

— Нужно добраться до Бурной Реки, — ответил Раджун, хотя знал, что мне это известно. Не глядя на меня, он шёл вперёд, к горизонту, мутному в серебристом свете. Наш путь казался бесконечным.

Один раз мы устроили привал и попили из кувшинов, а кролик пригубил воды из моей ладони; после этого нести корзинку стало легче.

— До утра мы не успеем, — сказала я. Реки не было видно даже вдали.

Я боялась оказаться в пустыне в разгар дня: боялась испепеляющего солнца и обжигающего песка, боялась ветра, несущего по равнине песок. И несмотря на это, я страстно ждала утра, с его звуками и светом, ждала, когда всё снова станет таким настоящим. Незнакомая, чужая пустыня нагоняла на меня страх.

— Тихо! — шепнул Раджун и опустил корзинку на землю. Издалека донёсся знакомый топот копыт, и этот звук, пусть жуткий и зловещий, был нам знаком. К нам приближались приспешники злодея, но зато мы больше не были одни на этом свете.

— Они скачут мимо, — сказал Раджун, когда топот копыт стих вдали. — Они нас не нашли.

— Но они нас даже не искали! — возразила я. Это ведь было легче лёгкого — обнаружить нас здесь, на бескрайней равнине, залитой лунным светом.

— Они думают, что могут схватить нас в любое время, — сказал Раджун. — Поэтому они и не беспокоятся. Они уже считают нас своими пленниками, потому что мы не сможем пересечь Бурную Реку.

— Это мы ещё посмотрим! — возмутилась я. Хотя в глубине души совсем не была так уверена. Одиночество и негостеприимность пустыни я переносила с огромным трудом.

— Они нападут на нас днём, — сказал Раджун, — когда нещадно палит солнце. Они знают, что на такой жаре мы долго не протянем, что воды нам надолго не хватит и что в скором времени мы погибнем от жажды. И у них есть выбор: позволить нам умереть от истощения или напасть на нас, когда мы, измождённые, не сможем оказать никакого сопротивления.

— Это мы ещё посмотрим, — повторила я, и мои слова отскочили от скал как эхо. — Реку мы перейдём, Раджун, — мы оба! Ты и я! — И я посмотрела на него, надеясь, что он разорвёт зловещие чары, лежащие над этой пустыней и лишающие нас всякой надежды. Я надеялась, что он рассмеётся и скажет: «Конечно! Зачем же мы тогда вообще выступили в этот поход?»

Но Раджун не рассмеялся.

— Пустыня такая большая, — пролепетал он. — Могла ли ты представить, что она окажется такой огромной?

Я поняла, что надежды в нём не больше, чем во мне, но заставила свои ноги двигаться дальше.

— Мы доберёмся до реки и перейдём на тот берег, — упрямо сказала я и подумала о зеркале и о родном доме. Я снова услышала раскаты грома, и снова он прогремел, не приближаясь. — Никогда нельзя сдаваться, Раджун! Мы не сдадимся.

Наконец-то Раджун улыбнулся.

— Я и не собирался сдаваться, Храбрая Воительница, — сказал он. — Но я же вижу, что происходит.

Потом мы шли молча: нас могли утешить только наши голоса — но не наши слова. Я начала напевать свою успокаивающую песенку, которую напеваю всегда, когда мне страшно; я напевала свою песенку, а Раджун играл на губной гармошке, и я почувствовала, что пустыня стала более приветливой, а свет более тёплым.

— Солнце встаёт! — заметила я.

— Что это за мелодия? — спросил Раджун, опустив губную гармошку.

— Это моя утешительная песенка. Разве у тебя такой нет? — спросила я. — Я всегда напевала её дома, когда становилось страшно. — Тут я резко замолчала, осознав, какой глупой я тогда была, боясь того, что сейчас выполнила бы с радостью и лёгкостью.

— Я думал, что это твоя мелодия, — сказал Раджун.

Холодный ночной свет рассеялся, и с первыми лучами утреннего солнца песок засверкал золотистым блеском. Вдали возвышались скалы; а посередине между ними росло одинокое дерево.

— Ты только взгляни на это дерево, Раджун! — воскликнула я. — Где дерево — там и вода. Бурная Река!

Раджун кивнул.

— Давай прибавим шаг, — сказал он. — Нам нужно дойти до неё, пока не стало невыносимо жарко. — И мы выпили по глотку воды, поделились с кроликом и двинулись дальше к скалам. Мы вдруг почувствовали себя увереннее.

— У каждого есть своя мелодия, — объяснил Раджун. Теперь он нёс корзинку один. — Ты не знала? У каждого предмета, каждого человека, каждого растения и животного. И кто сыграет их мелодию, тот сможет их освободить.

— Освободить? От чего? — спросила я.

Раджун пожал плечами.

— Просто освободить, — ответил он.

— Чтобы лягушка снова превратилась в принца? — не унималась я. — Или как?

Раджун задумался.

— О лягушках мне ничего не известно, — заметил он.

— Ты уже кого-нибудь освобождал? — спросила я.

Раджун покачал головой.

— Но я знаю много мелодий, — сказал он и поднёс гармошку к губам, и я стала слушать, а иногда и подпевать.

Он наигрывал весёлые мелодии, а мы всё шли, и солнце поднималось из-за гор всё выше. Он наигрывал весёлые мелодии, печальные и таинственные. И я больше не чувствовала себя чужой и одинокой, и я была рада, что ночь осталась позади.

Когда мы наконец добрались до скал, они уже отбрасывали короткие тени.

— В кувшинах ещё осталась вода? — спросила я.

С тех пор как взошло солнце, головорезов мы больше не слышали. Оставалось надеяться, что вскоре увидим мост.

— Всего пара капель, — сказал Раджун. — Отдай их кролику. — Он вылил последние капли воды в мои ладони, и кролик их жадно выпил.

— Прошу заметить, — сказал он, и в его усах сверкнули капельки воды, — что я вас об этом не просил.

Я рассмеялась.

— Нет-нет! — сказала я.

— Хотя из всей нашей группы, — с достоинством произнёс кролик, — я нуждаюсь в воде больше всех — с моей-то густой шерстью под солнцем пустыни...

— Поэтому мы тебя и напоили! — заметила я.

— Кроме того, совсем скоро мы будем возле реки, — добавил Раджун. — А там воды так много, что нам её пить — не перепить.

Но мы находились на земле Деспота, и нам не стоило об этом забывать.

26

Переход

Мы услышали Бурную Реку задолго до того, как до неё дошли, и её гул оказался громче грохота копыт.

— Должно быть, она и правда очень бурная, — заметила я. — Ты видишь где-нибудь мост?

Раджун покачал головой:

— Я и реки-то не вижу.

Так и было. Там, где между скалами росло дерево, равнина заканчивалась резким обрывом, и перед нами, в таком глубоком ущелье, какого я ещё никогда не видела, бушевала река. Прежде, когда мы обсуждали, как будем перебираться через реку, если не найдём моста, я предлагала пересечь её вплавь, а Раджун собирался соорудить плот.

— Конечно, она бурная! — бодро произнесла я. — Но вдруг она не широкая? Тогда у нас получится! — И я вспомнила, как выиграла соревнования в нашем бассейне, проплыв даже больше, чем нужно.

А теперь река бушевала глубоко внизу в ущелье, а скалы были такими отвесными, что до неё было никак не добраться.

— Переплыть её не получится, Раджун, — сказала я.

— И плот мы не построим, — добавил Раджун.

— Но ущелье и правда неширокое! — заметила я. — Достаточно небольшого мосточка!

Раджун кивнул.

— Давай немного передохнём, — предложил он. — А потом пойдём и поищем мост.

— Раджун, — вздохнула я, — а ведь до воды мы не дотянемся.

Раджун снова кивнул.

— Воды из Бурной Реки нам не достать, — сказал он. — Следовало бы догадаться. Бурная Река тоже в его власти.

— Думаешь, мы погибнем от жажды? — испуганно спросила я и заметила, что солнце поднимается всё выше, а его лучи становятся всё горячее. — Думаешь, мы...

— Давай немного отдохнём, — повторил Раджун. — А потом поищем мост. — Он взял губную гармошку и наиграл мою успокаивающую песенку, но я слишком устала, чтобы подпевать. Однако мелодия меня утешила.

— Идём, — сказала я.

Солнце висело в небе так высоко, что скалы больше не отбрасывали тени. Позади нас лежала Бескрайняя Пустыня — такая огромная, что казалось, ей нет конца. И уже не верилось, что где-то там, в лесной тени, стоит Ферма-на-краю. Теперь она была слишком далёкой, чтобы туда можно было вернуться под палящим солнцем без капли воды. Нужно перебираться через реку — другого выхода у нас нет.

— Должен же где-то быть этот мост! — воскликнула я.

Ущелье, на дне которого бурлила река, прорезало в земле зигзагообразную борозду, похожую на глубокий шрам; и на той стороне, всего в нескольких метрах от нас, но на таком расстоянии, которое нельзя преодолеть прыжком, начинался Прелестный Край, зелёный и холмистый. Сквозь мерцающий от жары воздух мы рассмотрели тенистые деревья и журчащие ручьи, и они были так близко, что я ждала, что вот-вот услышу их плеск сквозь рёв реки. Но они оставались для нас недостижимыми.

— Здесь моста нет, — произнёс мой спутник. Ущелье пересекало высушенный ландшафт с севера на юг, и нигде по его границе не росло ни одного дерева, ни одного куста. Оно казалось бесконечным и простиралось через плоскую даль, и нигде мы не видели ни одного перехода.

— Разве твой отец не говорил, что здесь есть мост? — спросила я.

— Значит, переход на ту сторону должен быть, — сказал Раджун, и мы продолжили поиски под палящими лучами солнца. Мы искали вдоль ущелья, двигаясь на север, и заглядывали вниз — вдруг мост притаился где-то в глубине, — но нигде не видели ничего, кроме отвесных скал над бурлящим потоком воды. — С этой стороны ничего нет, — подтвердил Раджун.

Мы шли так долго и ушли так далеко, что оставшиеся позади дерево и скалы стали похожи на крошечные пятнышки. Я чувствовала, что вот-вот выбьюсь из сил.

— Пожалуйста, давай немного отдохнём, — попросила я. Глаза жгло от слепящего света. — А потом пойдём обратно.

— Нельзя устраивать привал в пустыне, — сказал Раджун. — Мы вернёмся и поищем в другом направлении.

— Но у меня уже нет сил! — вскричала я.

Но Раджун, не глядя на меня, быстро пошёл вперёд.

— Скоро станет прохладнее, — сказал он, и по его голосу казалось, будто он старается успокоить себя самого. — У нас нет выбора, Храбрая Воительница. У нас нет выбора.

Я потащилась за ним по широкой дороге обратно к дереву и скалам. О Деспоте я уже давно не вспоминала. О родном доме я тоже не думала. Я слышала под собой рёв реки и знала, что в мире нет ничего вкуснее глотка свежей воды, а больше я не думала ни о чём.

Когда мы дошли до дерева и скал, солнце уже клонилось к закату, и мы присели отдохнуть в тени.

Я знала, что снова подняться уже не смогу.

— Головорезов не слышно, — заметила я. — Наверное, они ушли из пустыни.

— Днём они отдыхают где-нибудь в тени, — объяснил Раджун. — Они появятся только ночью, когда станет прохладно. Они знают, что нам от них не уйти, что мы обессилены из-за зноя и невыносимой жажды.

Тут меня снова охватила ярость. Нет, так просто Деспоту нас не заполучить!

— Мы отыщем мост! — заявила я и встала, хотя и не знала, удержат ли меня ноги. — Пойдём теперь на юг.

— Пожалуйста, без меня, — произнёс кролик. Он растянулся в тени, отбрасываемой скалой, и даже усами не повёл. — Я умру, если сделаю хоть шаг. Вы же понимаете — такая густая шерсть в пустыне...

Я погладила его по голове.

— Мы вернёмся за тобой, когда найдём мост, — сказала я. — Обещаем.

Но кролик уже устало закрыл глаза.

На юг ущелье простиралось так же далеко, как и на север, и хотя солнце палило уже не столь мучительно и мы предчувствовали сумерки, наша жажда стала невыносимой, и даже грядущая прохлада не стала для нас утешением.

— Ничего, — сказал Раджун, когда мы прошли столько, что дерево и скалы превратились в малюсенькие точки позади. Он уже давно не играл на губной гармошке. — Давай здесь отдохнём.

— Здесь, где после восхода луны нас можно будет разглядеть за много миль? — удивилась я, хотя в тот момент мне ничего не хотелось так страстно, как растянуться на песке рядом с ним. — Где головорезы найдут нас, даже не искав?

Раджун покачал головой.

— Они найдут нас везде, — сказал он. — И неважно, будем мы ждать здесь или в другом месте головорезов... или... — Он не договорил, но я поняла, что он имеет в виду, и на этот раз это я решительно направилась обратно, к дереву и скалам.

— ...смерти? — злобно спросила я, и язык приклеился к нёбу от того, что я так долго не пила, и земля стала расплываться перед воспалёнными глазами. — Смерти я ждать не собираюсь! — И я пошла, не оглядываясь, и вскоре услышала за собой шаги Раджуна.

Как мы добрались до дерева и скал, я не помню; но когда мы опустились под ними на землю, рядом с краем обрыва, мы оба знали, что все усилия были напрасны и что теперь нам точно конец. Земля едва заметно задрожала, возвещая о приближении злодеев, и я впервые ждала их с надеждой. У нас было лишь два пути: угодить в руки врагов или мучительно погибнуть здесь от жажды.

Впереди я видела Зловещие Горы и замок Деспота и понимала, что если головорезы хотят доставить нас к нему живыми, им придётся дать нам воды — и я с нетерпением ждала их прибытия.

— Сыграй ещё раз мою успокаивающую мелодию, Раджун, — прошептала я, хотя и видела, что его губы потрескались так же, как и мои. — Ещё разок, перед тем как нас поймают.

Раджун поднёс к губам гармошку, а отдалённый гул превратился в грохот копыт.

— У нас ничего не вышло, Раджун, — сказала я. — Эту страну нельзя освободить, и всё потому, что я потеряла зеркало. Мне так жаль. — Я легла и стала ждать, когда они подъедут. Дерево надо мной тянуло в небо свои чёрные ветви.

Рёв воды почти заглушал мою успокаивающую песенку, а я думала о том, что если бы ветви не были такими тонкими и хрупкими, а мы — такими уставшими и обессиленными, возможно, мы бы и построили плот. И если бы к нам не мчались головорезы, чтобы нас схватить.

И в это мгновение я заметила жука.

Сначала я подумала, что ошиблась: как мог выжить здесь жук, в этой пустыне, без воды?

— Раджун, — прошептала я, — ты тоже видишь... — Жук тем временем посеменил по тонкой, хрупкой ветке, высоко над нашими головами, по ветке, которая тянулась над ущельем, и пробежал по ней до самого конца. Там ветка склонилась под его весом и мягко опустила его на землю — на землю Прелестного Края!

— Раджун! — снова воскликнула я. — Ты что, не видел...

Но мой спутник уже убрал губную гармошку и пристально смотрел на ветки.

— Переход, — глухим голосом произнёс он. — Это и есть переход, и он был здесь всегда. А мы его весь день искали. А теперь уже ничего не поделаешь.

— Переход для жуков и муравьёв! — злобно воскликнула я. — Ветка, которая и насекомое-то едва выдерживает! — И я почувствовала, что от злости ко мне возвращаются силы.

Мы искали этот переход целый день; а теперь, когда его нашли, он оказался нам уже не нужен. Наше предприятие с самого начала было обречено на провал, и мы споткнулись на первом же препятствии. Мы зря выступили в поход; мы зря провели ужасную ночь в Бескрайней Пустыне; зря из последних сил бродили весь день по невыносимой жаре. Моста через Бурную Реку не было.

Грохот копыт приближался, но головорезов мы пока не видели.

— Я попробую! — воскликнул Раджун. — Хуже ведь не будет? Мы в любом случае обречены. Если ветка сломается — мы рухнем вниз и найдём свою погибель в бурном потоке; а если останемся здесь — нас поймают головорезы и отведут к злодею, а он нас так или иначе тоже убьёт. А если нас не схватят его приспешники, то мы умрём от жажды. Так почему бы не попытаться? — С этими словами он взобрался на сук, так быстро и уверенно, как будто не чувствовал никакой усталости, как будто вспышка надежды придала ему сил. — Идём!

Я прислушалась к дикому гулу реки и вздрогнула, представив себе, каково это — погибнуть в её течении.

— Раджун, ты сошёл с ума! — вскричала я, глядя вверх на дерево. — Ты же не такой лёгкий, как жук!

Но Раджун уже добрался до ветки, и пока за моей спиной подступали враги, он пробежал по ней, почти не пошатнувшись, и легко приземлился на том берегу, в Прелестном Краю.

— Эта ветка выдержит, Анна, выдержит! — крикнул Раджун, и он стоял так близко от меня, что не верилось, что он теперь в безопасности, а я по-прежнему нахожусь в неприветливой пустыне. — Это всё кольцо! — торжествующе воскликнул Раджун. — Разве ты не понимаешь? Конечно же, это кольцо!

Тут я осознала, что он был прав, когда не поверил, что кольцо растеряло свою силу.

— Иди сюда! — крикнул Раджун и снял с пальца кольцо. — Я его тебе перекину.

Позади я уже видела головорезов; они широкой цепью неслись ко мне галопом на лошадях.

Выбора у меня не было.

Кольцо перелетело через ущелье, и на мгновение я испугалась, что Раджун бросил его слишком слабо; но потом ощутила в ладони твёрдый металл, надела кольцо на палец и стала карабкаться по стволу. Враги были уже совсем близко.

— А как же я?! — крикнул кролик. После нашего возвращения он лежал так тихо, что я о нём почти забыла.

Я оглянулась и увидела всадников; они были так близко, что я слышала их голоса, и мне даже показалось, что я различаю их глаза за забралами шлемов.

— Хватайте её! — крикнул первый. — Мальчишка от вас ушёл, а девчонка ещё на дереве!

— А я?! — вскричал кролик, и от страха его голос стал высоким и пронзительным. — Они подходят! Ты же не собираешься меня...

Я вспомнила, как он тащил меня на спине через Лес-из-которого-не-возвращаются, и, схватив его за шкирку, снова вскарабкалась наверх.

Забираться на дерево, имея только одну свободную руку, очень нелегко. А ещё труднее это делать, когда в другой руке зажат кролик, который ноет и скулит.

— Господи, как же здесь высоко! — испуганно вскричал он и зажмурился. — Кролики никогда не лазают по деревьям! Кроликам никогда не следует... Боже, какая высота!

— Замолкни! — злобно шикнула я, и в это мгновение головорезы подскакали к дереву и стали его трясти.

— Вон она, наверху, маленькая крыса! — прокричал первый из них.

— Стряхните её как старую листву! — воскликнул второй.

— Мы доставим её к Деспоту, как он приказал! — воскликнул третий, и пока бушевала последовавшая за этими словами буря и ярко сверкали молнии, я добралась до ветки, ведущей на ту сторону.

— У тебя получится, Анна! — крикнул Раджун. — У тебя всё получится, ведь на тебе кольцо!

Но ветка была такой тонкой, что я не понимала, как она выдержала даже жука, а ведь я человек, да ещё несу под мышкой кролика.

— Она меня не выдержит! — крикнула я. — Я слишком тяжёлая!

Головорезы подо мной прекратили раскачивать дерево и стали взбираться по стволу.

— Ей никогда не перейти на ту сторону, маленькой крысе! — снова прокричал первый.

— Сорви её оттуда как спелый фрукт! — воскликнул второй.

— Мы доставим её Деспоту, как он нам велел! — воскликнул третий, и в этот момент первый почти добрался до меня. Дерево задрожало, ствол согнулся под его весом, и я вцепилась в ветку изо всех сил.

— У тебя получится, Анна! — повторил Раджун. — У тебя получится, ведь у тебя кольцо!

Бандит уже собирался схватить меня за ногу, и я, отпустив ствол, сделала первый шаг.

И ветка выдержала.

— У тебя получится, Анна! — крикнул Раджун.

Я шаг за шагом несмело шла по ветке, спиной ощущая дыхание врага. Подо мной бушевала Бурная Река, как будто заманивая, но я не смотрела вниз. Я переставляла ноги и старалась не думать о том, что будет, если я оступлюсь.

— Ты сможешь, сможешь! — торжествующе вскричал Раджун, а кролик в моих руках запричитал:

— Как глубоко! О господи, как же там глубоко! И какая бурная река!

— Замолкни! — злобно сказала я, и когда ветка начала наклоняться, я спрыгнула.

Я оказалась в Прелестном Краю.

В Прелестном Краю!

— У нас получилось! — воскликнул кролик. — О боже! Вряд ли когда-либо существовал такой же отважный кролик, как я!

Но в безопасности мы не были, и теперь мы это заметили. О спасении говорить было рано. На дереве толкались головорезы, и первый уже добрался до нашей ветки.

— Перебирайся на ту сторону и хватай её! — воскликнул второй.

— Поймай её как бродячую кошку! — взревел третий.

— Мы доставим её Деспоту, как он нам велел! — завопил четвёртый.

Первый уже ступил на ветку.

— Сейчас вы у меня попляшете! — хвастливо воскликнул он. Но не успел он договорить, как ветка под ним треснула, и он с диким рёвом полетел в пропасть — в глубокое ущелье, в бурные воды реки.

— Раджун! — прошептала я и схватила его за руку. Хоть это и бандит, который явился сюда, чтобы поймать меня и доставить Деспоту, всё равно конец его был ужасен.

Но его дружков его судьба не волновала.

— Ветка сломалась, — равнодушно заметил второй и стал спускаться с дерева.

— Теперь нам на ту сторону не перейти, — сказал третий и последовал за ним.

— И мы не сможем доставить её Деспоту, как он приказывал, — добавил четвёртый.

О своём товарище они не сказали ни слова.

— Им его даже не жалко! — испуганно шепнула я Раджуну, когда головорезы вскочили на лошадей и исчезли в опускающихся на пустыню сумерках. — Они о нём даже не говорят! Он им безразличен!

Раджун повернулся к ущелью спиной, и я впервые почувствовала, какой мягкий здесь воздух и какая мягкая под ногами трава.

— Они не знают, что такое дружба! — объяснил Раджун. — Они ненавидят людей, но и своих товарищей они не любят. Его созданиям не ведомы никакие чувства, кроме ненависти. — Он улыбнулся. — Мы сейчас в Прелестном Краю... — и тут мы увидели перед собой родник, и упали на колени, и наполнили ладони водой, и пили, и пили.

— Да, теперь мы в Прелестном Краю, — радостно произнесла я, и мы пили, и пили, и думали, что никогда не остановимся.

— Здесь никто никогда не встречал головорезов, — сказал Раджун и зевнул. — Здесь мы в безопасности. — Он закрыл глаза, лёг на траву и уснул рядом с кроликом.

Над нами было чёрное, усыпанное звёздами небо; рядом в темноте бил родник и журчал ручеёк.

На короткое мгновение мне показалось, что я услышала шорох и заметила тень, как будто от крупной птицы. Но мы находились в Прелестном Краю, и, измождённая и успокоившаяся, я уснула.

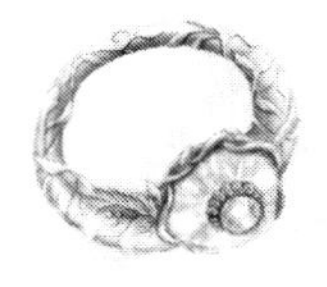

27

Дорога через Прелестный Край

Никогда в жизни я не спала так, как в ту ночь на ложе из травы и под потолком из звёзд в Прелестном Краю. Никогда в жизни я не спала так глубоко и крепко, и не просыпалась такой свежей, и не встречала новый день с таким нетерпением.

Рядом со мной уже сидел Раджун, он смотрел поверх холмов.

— Не верится, что может существовать такая красота, — сказал он и поднёс к губам гармошку, как будто теперь, когда я проснулась, он наконец решил поиграть. — Мы всего в паре шагов от безжалостной пустыни — а вокруг такая красота!

Я обернулась, чтобы взглянуть через пропасть на раскалённый песок — но там был только туман: он поднимался от реки, словно боясь даже воспоминанием омрачить наш восторг от Прелестного Края.

Мы с Раджуном стали смотреть поверх холмов — по ту сторону находились Зловещие Горы; чёрные и до того мрачные, что казалось, будто они пропитаны злобой.

— Невероятно, что такая красота существует рядом с самым жутким из всех злодеев, с Диким, — вздрогнув, произнесла я.

Даже небо над горами было мрачным, будто само солнце не решалось там светить.

— Не верится, что здесь такая красота, а мой желудок настолько пуст! — рассмеявшись, воскликнул Раджун и вскочил на ноги. — Давай позавтракаем, Храбрая Воительница. Я так долго ждал, пока ты проснёшься.

Кролик уже давно исчез в сочной траве, и мы стали собирать землянику, малину и вишню, а затем наполнили кувшины у родника. Ещё никогда завтрак не был таким вкусным.

— И всё-таки у нас получилось, Раджун, — сказала я, снова укладываясь на траву после еды, потому что так объелась, что больше не могла идти. Я слушала, как вода у нас в животах и вода в роднике соревнуются, какая громче журчит. — Мы уже и не верили, но мы смогли. Никогда нельзя сдаваться раньше времени, говорит моя мама. Всегда есть хотя бы один выход.

Раджун хотел что-то сказать, но промолчал.

— Ты был прав насчёт кольца, — продолжала я. — Его сила всё ещё при нём.

— Это же кольцо кузнеца, — сказал Раджун. — Зачем ему было давать его Храброму Воину, если бы оно так быстро теряло свою силу?

— Кольцо зеркальное, — добавила я. — Об этом рассказала мне жена кузнеца. Но что это означает, она не знала.

— В Лесу-из-которого-не-возвращаются ты стала маленькой, — сказал Раджун. — А над Бурной Рекой мы стали лёгкими.

— Если бы я стала лёгкой тогда в лесу, мне бы это не помогло, — заметила я. — Тогда головорезы меня чуть не поймали. Я спаслась, укрывшись в мышиной норке.

Раджун опрокинул в рот последнюю пригоршню ягод и вздохнул:

— Я сейчас лопну! — И он с довольным видом откатился в сторону и закрыл глаза. — Я объелся и опять очень устал.

— Только не говори, что ты сейчас опять уснёшь! — воскликнула я и схватила его за плечи. — Я хочу наконец узнать, в чём заключается сила кольца!

Раджун снова открыл глаза.

— Да откуда в тебе столько энергии! — пробормотал он. И сел. — Я думал, ты и сама всё поняла, Храбрая Воительница, — со вздохом произнёс он. — Это же очевидно. Зеркальное кольцо в минуту величайшей опасности превращает свойство, которое не позволяет человеку спастись, в его противоположность — так же как зеркало превращает правое в левое, а левое в правое.

— И из большого получается маленькое, — ошарашенно произнесла я. — Из тяжёлого — лёгкое. — Я задумалась, почему кольцо не проявляло свою силу, когда мы несколько раз просили его об этом в Ферме-на-краю.

Как будто разгадав мои мысли, Раджун добавил:

— Но только в мгновение величайшей опасности, а не по приказу. Кольцо поможет тебе только после того, как ты сама перепробуешь все способы — только в этом случае.

Я вздохнула и прикрыла глаза.

— Надеюсь, ты прав, — сказала я и почувствовала, как солнечные лучи щекочут веки. — Я буду делать всё, что в моих силах. Хотя не думаю, что этого хватит.

— Будем полагаться на кольцо, — сказал Раджун. — Но сначала поедим. — Мне не верилось, что у него в желудке ещё оставалось место, но он продолжал обрывать с близрастущих кустов ягоды и всё ел и ел.

Это утро в Прелестном Краю я вспоминаю с радостью — чего нельзя сказать о том, что за ним последовало.

Наконец и Раджун уже не смог запихнуть в себя больше ни ягоды, и после того как он немного полежал, мы наполнили все наши кувшины и позвали кролика.

Он явился не сразу; а когда наконец пришёл, то выглядел таким сытым, что казалось, будто не сможет больше сделать ни шагу.

— Трава такая вкусная! — восхищённо воскликнул кролик. — Здесь невероятно вкусная трава!

Раджун указал поверх холмов на Зловещие Горы:

— Нам туда! Идёмте!

Кролик закряхтел.

— Ни минуты покоя! — простонал он. — И всё без толку!

Но мы с Раджуном лишь рассмеялись.

Перед нами простирался Прелестный Край, и до Зловещих Гор было ещё далеко, и о нашем страхе мы не вспоминали.

Мы шли по тропинкам, вьющимся мимо высокого кустарника, в котором птицы распевали последние утренние песни; через прозрачные весенние леса, где земля была покрыта первоцветами; мы бежали по лугам, усеянным летними цветами, стояли на вершине холмов и молча смотрели на залитый солнцем край. Мы видели, как ручьи переливаются через камни, как над цветами пляшут бабочки — и впервые в жизни я почувствовала, что от красоты может сделаться больно; и я могла всё это вытерпеть лишь потому, что разделяла эту боль со своим спутником. И я безмерно радовалась, что он рядом и играет на губной гармошке.

За день мы дошли до прятавшегося за ивами покрытого кувшинками пруда, в самом центре которого мирно плавало семейство уток.

— Как красиво! — восхитилась я снова, а Раджун уже снял сорочку и прыгнул в воду; и я прыгнула за ним.

Мы плавали и плавали, и я рассказала Раджуну о нашем бассейне рядом с домом и о том, как блестяще я сдала нормативы; мы ныряли и брызгались, после чего извинились перед семейством уток, которое с перепуганным кряканьем удрало от нас на другую сторону. Мы долго плавали на спине, пока солнце не высушило наши лица; а потом поплыли к берегу.

— Не верится, что бывает такая красота! — сказал Раджун. — И так близко от него. — И мы оба посмотрели вдаль, за пруд и холмы, где среди Зловещих Гор грозно возвышалась крепость Деспота.

За холмами по летнему небу плыли облака.

— Раджун! — испуганно крикнула я. — Горы исчезли!

— Да что ты такое говоришь, Храбрая Воительница! — рассмеялся он. И действительно у нас за спиной, ровно в том месте, откуда мы пришли, под мрачным небом виднелись Зловещие Горы.

Я встряхнула волосами, убирая остатки воды.

— Но раньше их там не было! — сказала я. — Я точно знаю!

Раджун снова рассмеялся:

— Ты ошибаешься, Анна. Определённо ошибаешься.

Но прежде чем это произнести, он замешкался; да и его голос звучал неуверенно.

28

Блуждающие Дороги

— Идём дальше, — сказала я. — Я хочу посмотреть, будут ли горы...

— Ты ошибаешься, Анна, — повторил Раджун, и на этот раз его голос звучал более уверенно. — Оглянись вокруг! Зловещие Горы по-прежнему там, где были.

Я нерешительно кивнула. Возможно, я и ошиблась. Горы ведь не переходят с места на место. Мне хотелось, чтобы Раджун оказался прав — но в глубине души я уже давно понимала, что здесь происходит.

— Тогда пойдём дальше, — сказала я и подхватила корзинку. — И увидим, в чём тут дело.

Раджун вздохнул.

— Ни минуты покоя, ни минуты! — проворчал он, повторяя слова кролика, но я заметила, что теперь и он задумывается над тем, что происходит вокруг.

Прелестный Край по-прежнему был так прекрасен, что у меня щемило в груди; но теперь мы не обращали внимания на шмелей над цветами и щебет птиц; на аромат цветов и свист ветра — мы смотрели только на виднеющиеся вдали горы и шли к ним.

Мы шли к ним — но мы к ним не приближались.

— Тут что-то не так, Раджун, — сказала я и посмотрела на него. — Мы уже давно должны были прийти!

И когда я снова взглянула на вершины гор — они исчезли, и я заметила, что и тех холмов, с которых мы спустились, тоже нет, и что наш путь, прежде прямой и ровный, теперь исчезал за поворотом.

— Раджун! — в ужасе воскликнула я.

Наконец мой спутник это тоже заметил.

— Прелестный Край, — прошептал Раджун. — О боже, Анна! И здесь всё вокруг подчиняется ему!

Страх сковал моё тело, и оно словно окоченело от холода.

Возможно ли такое?! Неужели вся эта красота во власти Дикого?! Неужели цветы и лес, весёлые маленькие шмели и журчащие ручейки служат ему и делают всё, чтобы сбить нас с пути? Как такое вообще возможно?!

— Мне страшно, Раджун! — прошептала я, и Раджун, кивнув, обнял меня, как будто желая защитить; но я знала, что и он ищет во мне утешения.

Утешить его я не могла. Всё, что происходило здесь и сейчас, было гораздо ужаснее всего, что было раньше.

Когда бредёшь по мрачной равнине или по тёмному лесу и тебя преследуют враги, когда идёшь по безводной пустыне под палящими лучами солнца и обжигающему песку — тогда зло кажется близким и очень реальным. Но если даже Прелестный Край в сговоре с Деспотом — кому вообще тогда верить?!

— Кролик! — позвала я. — Кролик, ты ещё здесь?

Кролик не потерялся: он жевал травку неподалёку от нас на обочине и никак не мог насытиться вкусными листиками.

— Что это значит, кролик? — спросила я. Смотреть по сторонам я уже не решалась — какой смысл, если картинка меняется каждый раз: то, что мгновение назад находилось справа, теперь было слева, а то, что только что было впереди, теперь маячило у нас за спиной.

Кролик нехотя поднял голову.

— Прелестный Край, — с полным ртом произнёс он. — Вы и сами знаете. Прелестный Край Блуждающих Дорог.

Я наконец вспомнила об этом, и мне всё стало ясно — и Раджун тоже всё понял.

— Блуждающие Дороги! — воскликнул он. — Анна, какие же мы глупые! Поэтому здесь и нет головорезов! Они ему не нужны. Ведь здесь и без них никто и никогда не достигнет своей цели. — Раджун выглядел совсем отчаявшимся. — Мы не дойдём до замка, — устало промолвил он. — Как бы ни старались. Эти дороги всегда будут сбивать нас с толку. Мы можем идти всю ночь и весь день, пока не упадём от изнеможения, но нашей цели мы не достигнем. Прелестный Край — это его самое ужасное оружие: здесь Храброму Воину не помогут ни сила, ни отвага, ни ум, ни даже терпение — ничто не поможет. — Казалось, он сейчас заплачет.

— Но кольцо, Раджун, кольцо! — воскликнула я и протянула к нему руку: на моём пальце сверкали камни — белый и красный. — Не забывай, что у нас есть кольцо.

Раджун посмотрел на меня.

— И что с того? — устало спросил он. — Это зеркальное кольцо! Какие из наших качеств оно может превратить в их противоположность, чтобы нас спасти? Измениться должны Блуждающие Дороги, а не мы!

И я поняла, что нам не поможет даже кольцо.

Мы сели в траву и посмотрели друг на друга; и хотя мы проделали долгий путь, а растущие на обочине кусты рядом с нами гнулись под тяжестью ягод, есть нам не хотелось.

— Раджун, — наконец сказала я, — должен же быть какой-нибудь выход! В пророчестве говорится, что Храбрый Воин победит Дикого — значит, Храбрый Воин должен пройти через Прелестный Край! В пророчестве говорится, что он доберётся до крепости — значит, должен быть какой-то выход!

— Не глупи! — огрызнулся Раджун. — Пророчеством нам обещан Храбрый Воин! Он-то уж точно нашёл бы помощь в Прелестном Краю. Но мы, — Раджун разочарованно посмотрел на меня, — мы именно те, кого ты имела в виду: мы не те, кто для этого нужен.

На землю опустились сумерки, и в небо взлетели ночные птицы. Мы улеглись под кустами и попытались уснуть. Темноту пронизывал стрекот сверчков, и этот звук наполнял меня страхом. Я закрыла глаза и не открывала их до самого утра.

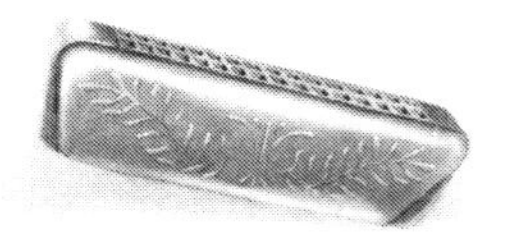

29
Мелодия

На востоке всходило солнце: но там, где ещё вчера были холмы, простиралась равнина, за которой грозно возвышались горы. С большим трудом солнце вырвалось из мрачной дымки над горными вершинами и сквозь пелену начало свой дневной обход.

Раджун по-прежнему лежал рядом со мной с открытыми глазами.

— Здесь мы и умрём, Анна, — тихо произнёс он. — Здесь мы будем жить и здесь мы умрём. Каждый день у нас будет пища и вода, и мы не будем испытывать ни голода, ни жажды — но нам отсюда не выбраться. Мы будем слушать, как щебечут птицы, как шелестят на ветру листья на деревьях, как журчат ручейки и гудят шмели — и мы будем ненавидеть это всей душой, с каждым днём всё больше будем ненавидеть всю эту красоту. Потому что уже никогда не сможем от неё уйти.

Я знала, что он прав. Высоко в небе первые птицы заводили свои утренние трели, а кролик на обочине мирно жевал травку; но сегодня я уже не чувствовала утреннего умиротворения, а тепло и мягкий воздух больше не наполняли меня счастьем.

— Я уже сейчас это ненавижу, — признался Раджун и резко сорвал со стебелька цветок. — Ох, как же я всё это ненавижу!

Я взглянула на небо, по которому бежали похожие на сахарную вату облака, и поняла, что чувствую то же самое.

— Но если так лежать, легче не станет! — сказала я. — Если ничего не делать, лучше не станет.

— Но лучше не станет и в том случае, если что-то делать! — воскликнул Раджун, и от отчаяния его голос прозвучал злобно. — Дороги продолжат блуждать, а вместе с ними горы и холмы — и тогда какая разница, будем мы идти или останемся на месте... да и куда нам идти?

— Разница есть, — сказала я и, произнеся эти слова, поняла, что права. — Или мы сдадимся Дикому без сопротивления, или попробуем с ним сразиться. Раджун, я не хочу каждый раз, когда пью воду из ручья, видеть в отражении своё лицо и думать: ты не сделала того, что могла сделать! Я хочу хотя бы попытаться дойти до тех гор! — воскликнула я и поднялась на ноги.

Раджун продолжал лежать на траве.

— Зачем? — устало спросил он. — Ты же обманываешь себя и меня. Ты не достигнешь цели, даже если будешь идти целый день.

— Но так мне будет легче, — сказала я и протянула ему руку, чтобы помочь подняться. — Я чувствую себя лучше, когда пытаюсь хоть что-то сделать.

Раджун ухватился за мою руку и медленно поднялся.

— Откуда в тебе такой оптимизм, Храбрая Воительница? — спросил он.

Я не стала говорить, что за время странствий пережила столько всего ужасного, что уже ничто не могло заставить меня пасть духом.

— Может, дело в кольце? — предположила я. — Может, оно придаёт мне уверенности в трудные времена?

— Тогда попроси его придать уверенности и мне, — с горечью произнёс Раджун. — Раз уж ничего другого оно для нас сделать не может.

Мы кликнули кролика и тронулись в путь.

Но насколько же сегодня всё было иначе, чем накануне! Раджун сказал правду: если вчера красота Прелестного Края дарила мне радость, то теперь она приводила меня в бешенство, и мы шли молча. И только кролик невозмутимо жевал травку.

— Сыграй хотя бы одну песню, Раджун! — взмолилась я, когда солнце стояло уже высоко; мы прошли по холмам и через ущелья, и как только мы начинали верить, что вот-вот доберёмся до дерева, холма или ручья — как он вдруг оказывался слева или справа от нас. — Хотя бы мою утешительную песенку. Боюсь, моей уверенности надолго не хватит.

Раджун достал из кармана губную гармошку и заиграл, и мелодия зазвучала на Блуждающих Дорогах так печально, что впервые в жизни моя утешительная песенка меня не утешала.

— Можешь не играть, Раджун, — устало произнесла я. — Это всё бесполезно.

Но мой спутник так погрузился в свою игру, что меня не слышал; он наигрывал мою утешительную песенку, а затем все мелодии, которые знал, весёлые и грустные; и я вдруг увидела, что горы стали ближе.

— Раджун, смотри! — громко воскликнула я. — По-моему, они больше не перемещаются!

И правда, даже когда мы остановились и стали оглядываться, дрожа от нетерпения, всё осталось на своих местах: холмы и леса, кусты и деревья; и дороги больше не блуждали, и горы вдруг оказались совсем близко.

Раджун опустил губную гармошку.

— Давай подождём! — прошептал он. — Давай сделаем привал и посмотрим, что будет дальше.

Мы уселись на траву на обочине, и сколько бы ни смотрели на Прелестный Край, в нём ничего не менялось.

— Всё на месте, Раджун! — сказала я. — И дороги больше не блуждают. Теперь это просто Прелестный Край.

Но Раджун мне не верил, и поэтому мы просидели почти до темноты.

— Теперь-то веришь? — спросила я.

Раджун кивнул.

— Но я не понимаю, — пробормотал он.

Мы встали и побрели дальше, в направлении гор, которые по мере приближения становились всё более тёмными и зловещими; но страха мы пока не ощущали.

И только когда Раджун снова достал губную гармошку, я поняла, что произошло. Мелодия поднималась в воздух тихо и печально и уплывала дальше.

— Ты их освободил! — воскликнула я. — Ты освободил Блуждающие Дороги!

В самый разгар мелодии Раджун опустил губную гармошку и пристально посмотрел на меня.

— Ну как ты не понимаешь! — продолжала я. — У каждого предмета есть своя мелодия: у каждого источника и у каждого камня, у каждого растения, у животного и даже у каждого человека — ты же сам мне об этом рассказывал! И кто сыграет их мелодию — тот их освободит. Ты сыграл мелодию Блуждающих Дорог! Прелестный Край освобождён. Он больше не подвластен Деспоту!

Раджун остановился и посмотрел на Прелестный Край, в котором теперь всё находилось на своих местах.

— Как это прекрасно, Анна! — тихо промолвил он. — Подумать только, на что способна какая-то коротенькая мелодия!

Я рассмеялась.

— «Здесь мы и умрём»! — воскликнула я. — Так ты говорил? «Здесь мы будем жить, и здесь мы умрём»! — и я, толкнув Раджуна кулаком в бок, пританцовывая, помчалась вперёд, а он бежал за мной, пока не поймал, и встряхнул меня, и мы, смеясь, упали в мягкую траву.

— Я, во всяком случае, здесь умирать не собираюсь, — заявила я. — Ни здесь, ни где бы то ни было. Я хочу собирать здешние ягоды и наслаждаться этим краем — но умирать тут я не собираюсь.

— А разве кто-то собирался? — спросил Раджун. И я видела, что он радуется не меньше моего.

Но мы не смотрели вдаль — туда, где громоздились чёрные скалы, а наверху крошечной чёрной точкой виднелась крепость.

30

Горные корни

Мы остались в Прелестном Краю ещё на одну ночь. Мы ещё раз поспали под звёздами и не говорили о том, что нас ждёт.

На следующее утро мы наполнили корзину ягодами и кувшины водой, чтобы не пришлось испытывать голод и жажду; а перед нами, уже совсем близко, стояли Зловещие Горы. И это была страна Деспота, суровая и враждебная.

Горы стояли на своём месте; и как только меня начинал сковывать страх перед тем, что нас ждёт, я думала о том, что это мы — Раджун, его мелодия и я — освободили эти горы, и мне хотелось верить, что у нас всё будет получаться и дальше.

Солнце всё ещё освещало Прелестный Край; всё ещё пели птицы, и бабочки перелетали с одного цветка на другой; но однако то тут, то там на долину ложились тени от Зловещих Гор.

В полдень мы отдохнули возле ручья, и Раджун играл свои мелодии; а когда мы оглянулись назад, то увидели там озарённые солнцем холмы; но уже по ту сторону ручья начиналась страна Деспота.

— Мне страшно! — призналась я. — Мне уже сейчас страшно, Раджун. А что будет, когда мы туда придём?! — Перед нами громоздились Зловещие Горы, и более жуткий ландшафт вряд ли можно было себе представить. Напротив нас высились отвесные чёрные скалы, голые и напрочь лишённые жизни; а над ними по тёмному небу стремительно мчались чёрные облака, и когда они налетали друг на друга, их пронзали молнии. Грома мы пока не слышали. Мы ещё находились в Прелестном Краю.

Но едва перейдя через ручей, мы почувствовали, что приближаемся к Дикому. Над водой уже не порхали стрекозы, и птичий гомон стих. На фоне засохшей травы торчали чёрные скалы. От них исходил жуткий холод.

— Что это, Раджун? — ёжась от холода, спросила я и посмотрела на небо, на котором по-прежнему сияло солнце. Но вблизи скал царила настоящая зима.

— Это Горные Корни, — объяснил Раджун. Теперь гор на нашем пути стало так много, что мы с трудом уворачивались от них и их ледяного дыхания. — Они проникают внутрь Прелестного Края. Скоро мы уже достигнем Зловещих Гор.

Я ещё раз оглянулась, чтобы попрощаться, и на мгновение подумала, какую глупость мы совершили, не оставшись в Прелестном Краю.

Но я знаю, почему мы так поступили: нужно освободить страну от злодея, чтобы везде стало так чудесно, как в Прелестном Краю. Нужно освободить страну — чтобы я отправилась на поиски зеркала и смогла вернуться в свой мир.

Я ещё раз оглянулась на Прелестный Край, прошла меж Горных Корней и взяла Раджуна за руку.

— Видишь его замок? — прошептал Раджун. — Семь чёрных башен? Думаешь, нам удастся туда дойти? И как мы отыщем ключ от ворот, Храбрая Воительница?

Последний вопрос он всё-таки не задал: как мы одолеем Дикого?

Вокруг теперь не было ничего, кроме чёрных скал, а воздух был таким ледяным, что нас била дрожь. Над нами прогремел гром, облака расступились и с неба обрушился дождь, и я вдруг подумала, что если сейчас мы промокнем до нитки, то лучи солнца нас уже не высушат: ведь пока мы не победим Дикого, солнце в его стране не взойдёт.

Мы забрались под выступ скалы. Там было темно и холодно, но капли до нас не долетали.

— Как мы найдём ключ, — спросил Раджун, — если даже не знаем, где искать?

Дождь барабанил так громко, что я с трудом разобрала слова Раджуна. Никогда ещё я не видела такого мощного ливня.

— Анна? — спросил Раджун.

Но я тоже не знала, где искать ключ.

— Мы его не найдём, — сказал Раджун и съёжился, когда мрак пронзила молния. Мы снова взглянули на Прелестный Край. Прогремел раскат грома. — Мы не те, кто нужен. Эта миссия предназначалась не нам.

Я посмотрела на кольцо.

— Всё равно надо попробовать, — устало вздохнула я. — Мы же с самого начала не те. И всё-таки решение каждый раз находилось. И сейчас нужно просто попробовать. — И я подумала о зеркале, и о родном доме, и о том, что другого выхода нет.

Я не знаю, как долго мы просидели под выступом скалы, но время шло, и мы молчали. К губной гармошке Раджун не прикоснулся.

Затем стало светлее; молнии сверкали всё реже, и гром гремел не так яростно. Ливень превратился в мелкий моросящий дождик, а затем и вовсе прекратился.

— По-моему, можно вылезать, — сказала я. — Давай подойдём к крепости. Мы знаем, что это наша цель, и пока этого достаточно. Возможно, по дороге мы отыщем и ключ.

— По-твоему, он просто торчит в замке́?! — вскричал Раджун, и я поняла, что он в ещё бо́льшем отчаянии, чем я. У меня не было другого пути, кроме как победить Дикого, — только так я могла вернуться домой, — а он отправился со мной добровольно.

— Мы его найдём, — сказала я и взглянула на кольцо, надеясь, что оно придаст мне уверенности. — Идём, Раджун. Кольцо нам поможет.

И только когда мы вышли из-под скалы, я это заметила.

— Кролик! — вскричала я. — Раджун, куда делся кролик?!

31

В скале

Все дни, что мы провели в Прелестном Краю, мы кролика почти не видели. Он всё ел, и ел и не мог нарадоваться растениям и травам; а то, что нам предстоит пережить, мы не обсуждали.

— Сегодня утром он ещё был с нами, — сказал Раджун, а я вспомнила, что и днём у ручья он тоже был с нами.

— Зачем он вообще с нами пошёл! — разозлился Раджун. — Какой толк от кролика?

Но я вспомнила, как кролик нёс меня на спине. Каждый когда-нибудь да пригодится.

— Нужно его найти! — сказала я. — Солнце садится — и кто знает: вдруг в скором времени объявятся головорезы? А вдруг он потеряется? Он ведь совсем один!

— А мы? — спросил Раджун. — Что, если головорезы найдут нас?

Но я уже поднесла ладони ко рту.

— Кролик! — позвала я, и горы подхватили мой крик.

— Кролик! — повторило эхо.

— Значит, ты всерьёз решила привлечь к нам внимание головорезов?! — воскликнул Раджун. — Да тебя уже в самой крепости слышно!

Но я не знала другого способа отыскать кролика, и я шла, спотыкаясь о камни, и всё звала и звала его.

Последние солнечные лучи постепенно исчезли; и если из-за чёрных туч было темно уже и днём, то теперь мрак стал таким непроглядным, давящим и безграничным, что я испугалась, что больше никогда не обрету способность видеть.

— Раджун? — прошептала я и стала на ощупь искать его в темноте, и он схватил меня за руку.

— Звать кролика сейчас совершенно бессмысленно, — прошипел Раджун. — Его мы больше не найдём.

Мы стояли на узком скалистом выступе над обрывом.

— Я позову ещё разок, — сказала я и, ёжась от непроглядной тьмы, крепче вцепилась в его руку. — А потом мы поищем, где заночевать.

Но после того как смолкли мой крик и его эхо, мы услышали вовсе не кролика. Не проворный топот его лапок и не радостное фырканье — ночь разорвал дикий крик, громкий топот несущихся галопом копыт, лязг раздробленных камней, дикое ржание оступившейся в темноте лошади: это были головорезы, и они приближались.

— Головорезы, — прошептал Раджун. — Своим криком ты привлекла к нам головорезов, и теперь они нас найдут.

— Как они найдут нас в такой темноте? — спросила я, но топот копыт всё приближался, и всё громче становились крики мужчин.

— Они нас найдут! — повторил Раджун. — Они следуют за твоим голосом!

— Тогда давай поищем укрытие, — испуганно произнесла я, но в окружающей нас давящей темноте мы не знали, куда идти, и уже после первого шага моя нога на узкой тропинке не нащупала опоры.

— Раджун! — крикнула я, и он схватил меня и оттащил назад.

— Остаётся только ждать, — сказал он.

И мы, стоя над бездной, вжались в скалу. Если враги настигнут нас здесь, мы пропали.

— Остаётся только ждать и попробовать

не сойти с ума от страха, — и он достал из кармана губную гармошку и начал тихо, очень тихо наигрывать мою утешительную мелодию.

Головорезы спускались с вершины горы на нашу узкую дорожку. Мы слышали их голоса, становящиеся всё громче, и видели их факелы. Время от времени какая-нибудь из лошадей оступалась и летела в пропасть вместе со всадником, и мы слышали их крики. Но остальные продолжали ехать вперёд как ни в чём не бывало.

Тихо, очень тихо Раджун наигрывал мою мелодию.

— Раджун, она меня не успокаивает! — прошептала я, и мои зубы застучали от холода и страха. — Разве может утешить песенка, если здесь с минуты на минуту будут головорезы!

Но Раджун меня не слышал, он всё играл и играл, и фырканье лошадей и свет факелов были уже совсем близко.

— Она наверняка где-то здесь, маленькая крыса! — крикнул первый головорез и взмахнул факелом.

— Хватайте их, сейчас же хватайте! — взревел второй.

— Мы доставим их Деспоту, как он нам велел! — подхватил третий, и теперь свет факелов уже добрался до выступа, и первая лошадь осторожно ступила на узкую каменную дорожку.

— Раджун, они нас схватят! — пролепетала я. — Нужно перебраться на другую сторону!

Прижавшись спиной к ледяной скале, я стала осторожно переставлять ноги. Во мраке я ничего не видела, но знала, что передо мной зияет пропасть, а слева завывают приспешники Дикого.

— Иди за мной, Раджун! — прошептала я и потянула его за собой, но справа от нас сверкнули первые факелы. Путь к отступлению был отрезан.

— Мы в ловушке! — прошептала я и, повернув кольцо, попросила сделать нас невидимыми, хотя здесь, на узком выступе скалы, нам бы и это не помогло. Ведь впереди не было дороги, а лишь узкая тропа; и если бы они нас даже не заметили, то, проезжая мимо, наткнулись бы на нас.

— Ловите их! — вскричал первый. Свет факелов становился всё ближе.

Ещё недавно я мечтала, чтобы кромешный мрак прорезал луч света! Но теперь свет пришёл лишь затем, чтобы нас выдать.

— Они наверняка здесь! — воскликнул второй.

Луч факела упал к моим ногам, и в его свете я заглянула вниз, в пропасть.

— Мы доставим их Деспоту, как он велел! — закричал третий.

Я зажала уши ладонями, чтобы больше не слышать их криков, и закрыла глаза.

Похоже, всё кончено.

И тут я почувствовала, как скала за моей спиной подалась: появилась щель, из которой пахнуло лютым холодом.

— Раджун? — прошептала я.

Меня словно засосало в скалу, и пока глаза привыкали к наполнявшему пещеру мерцающему тусклому свету, я увидела, как скала за мной снова закрылась.

— Раджун? — испуганно прошептала я. — Ты здесь?

Оказалось, он стоит рядом со мной, всё ещё прижав к губам губную гармошку и закрыв глаза. Он продолжал наигрывать свою мелодию и был настолько в неё погружён, что не заметил, как гора впустила нас.

Я встряхнула его за плечо.

— Ты снова сделал это, Раджун! — сказала я, и он испуганно открыл глаза. — Ты освободил скалы!

Раджун взглянул на меня, будто пробуждаясь от глубокого сна.

— Где головорезы? — спросил он.

Я указала на то место, где за нами сомкнулась скала. Снаружи доносились приглушённые камнем голоса. В этот момент на узком скалистом выступе встретились головорезы, прибывшие справа и слева. В темноте они столкнулись, и мы услышали их крики.

— Где они? — крикнул первый.

— Упали в пропасть? — спросил второй.

— Вы их упустили! — разозлился третий, и тут раздался лязг металла о металл, и лошади резко заржали, и ночь наполнили крики.

— Они дерутся друг с другом! — прошептал Раджун. — Они знают, что мы были здесь, и каждый считает, что нас упустила другая группа!

Крики стали громче, и я зажала ладонями уши. Я не хотела слушать, как они борются друг с другом на выступе скалы и как срываются с лошадьми в глубокую пропасть. Хотя они и создания Деспота, их гибель была ужасна.

Вскоре наступила тишина.

— Всё кончилось, — сказал Раджун и опустил руку мне на плечо. — Кровопролитная битва подошла к концу.

Мы не произнесли того, что оба знали: там, снаружи, не осталось ни одного головореза — они сражались до последнего воина. Но радости я не ощущала. Сколько всадников — ужасных, жестоких приспешников Дикого — рухнули в пропасть? И кто знает: возможно, когда-то они были приветливыми крестьянами или ремесленниками, дедушками и внуками; пока злодей не пленил их и не превратил в свои создания.

Я вспомнила, что рассказывали мне жители деревни: Деспот забирал всех, кто покидал деревню — мужчин, которые работали в поле, детей, которые приносили им еду. Вспомнила я и об Алине-кузнеце.

Теперь эти жестокие, жуткие создания были мертвы. Но тот, кто превратил их в головорезов, Дикий Деспот, всё ещё восседал в своём замке, носил Символ кузнеца и поджидал новых жертв.

И я вдруг поняла, что хочу победить его не только для того, чтобы найти зеркало и вернуться домой — не менее страстно я хотела, чтобы он исчез, и чтобы страна от него освободилась, и чтобы он больше никогда не превращал людей в своих слуг.

— Больше никогда, Раджун! Больше никогда! — прошептала я, но Раджун уже пробежал через пещеру и приложил ладони к камню: он был холодным, как и полагается камню, но без ледяного дыхания, окружающего создания злодея.

— Вот на что способна одна коротенькая мелодия, Анна! — воскликнул он. — Подумай только: я освободил скалы!

— Здесь мы в безопасности! — сказала я и села на пол. — Здесь мы проспим до утра.

— Здесь мы проспим до утра, — повторил Раджун и прижался ко мне. — А завтра, Анна, завтра... — Но он не договорил, да и мне не хотелось об этом думать: о том, что завтра мы встретимся с Деспотом.

В тусклом свете пещеры мы свернулись на полу клубочком и, прежде чем нами овладел страх, уснули.

32
Ключ

Проснувшись, я первым делом подумала, что всё произошедшее мне приснилось: непроглядный мрак и страшные головорезы, укрывшая нас пещера и смертоносная пропасть.

В том месте, где накануне вечером ещё стояла скала, зиял вход в пещеру, и перед ним над пропастью в свете занимающейся зари сидел Раджун и играл на губной гармошке. Я опустилась рядом с ним.

— Доброе утро, Храбрая Воительница, — поздоровался он. — Солнце прячется за облаками — не хочет оно помогать нам в поисках ключа.

— В Зловещих Горах солнце никогда не светит, — сказала я, но камень под моими пальцами был шершавым и тёплым, и мне вдруг подумалось, что Зловещие Горы носят это название незаслуженно, и захотелось — о, как же мучительно мне этого захотелось! — чтобы и на них когда-нибудь пролился солнечный свет.

Под нами лежала пропасть, страшная и глубокая, и я была рада, что не могу разглядеть её до самого дна.

— У нас осталась вода, — сказал Раджун. — Давай разделим последние капли.

— Может, подождём? — спросила я. — Кто знает, как долго нам придётся искать этот ключ и окажется ли на нашем пути вода.

— Чего ты боишься? — удивился Раджун. — Скалы ему больше не подчиняются! Неужели ты думаешь, что у них не найдётся воды для того, кто их освободил?

И я снова ощутила тепло камня и уверовала в благодарность гор. И пошла в пещеру, чтобы забрать нашу корзинку.

Лучи солнца пробивались сквозь дымку, и их света хватило, чтобы я заметила: под ногами что-то блеснуло. И ещё до того, как я это подняла, я уже знала, что это за предмет. Он лежал здесь, среди скал, в том месте, где мы никак не ожидали его найти и никогда бы его не увидели, если бы Раджун не освободил эти горы.

— Ключ! — прошептала я. — Мы нашли ключ!

Раджун примчался в пещеру, и мы таращились на пол, не веря своим глазам: на земле лежал ключ, такой длинный, почти как моя рука, и тяжёлый, как меч. Он был таким старым, а металл таким тусклым, что то, что я заметила его в приглушённом пеленой солнечном свете, казалось почти чудом.

— Мы положим его в корзину и понесём вместе, — заявил Раджун. — Попробуй, какой он тяжёлый!

— Большой ключ для больших ворот! — сказала я, и осознала: медлить больше нельзя.

Мы видели издалека крепость — мрачную крепость в Зловещих Горах — и спрашивали себя: как, ну как мы в неё проникнем?! Страх, что нам это никогда не удастся, придал мне сил: ведь если бы мы не проникли в замок Дикого, мне бы не пришлось с ним бороться. Поэтому моё желание отыскать ключ всегда сопровождалось надеждой, что этого никогда не произойдёт; и обе эти надежды мирно уживались во мне, не противореча друг другу. Но теперь об одной из них я рассказала своему спутнику.

— Это случится сегодня, Храбрая Воительница, — сказал он. — Сегодня мы войдём в его замок. Сегодня ты победишь Дикого.

— Мы оба, Раджун! Мы оба! — поправила его я. Мой страх был безмерно велик, и мне не хотелось быть Храброй Воительницей в одиночку.

Но Раджун невозмутимо покачал головой.

— Это ты Храбрая Воительница, — возразил он, и я знала, что он прав. Я не та, которая нужна, но всё же я Храбрая Воительница. Если я не рискну — значит, всё было напрасно: напрасно мы брели по пустыне и переправлялись через Бурную Реку, напрасно терзались отчаянием в Прелестном Краю и замирали от страха среди Горных Корней. Даже жуткая гибель головорезов оказалась бы напрасной.

И всё же при взгляде на ключ меня бросило в дрожь.

— Мы ещё можем вернуться! — с мольбой в голосе проговорила я. — Мы можем отнести ключ тому, кто сильнее меня! Наверняка существуют более храбрые воины!

Раджун молча смотрел на меня.

— Только подумай, что будет, если я проиграю! Тогда у Деспота появится ещё и ключ — и больше никто никогда не проникнет в его крепость! — воскликнула я. — Думаю, нам стоит вернуться, Раджун!

— Храбрая Воительница! — сейчас он даже улыбался. — Думаешь, мой страх меньше твоего? Но обратный путь так же опасен, как и дорога вперёд, к его замку. Головорезы будут поджидать нас на каждом шагу, и неизвестно, удастся ли нам когда-нибудь вернуться на ферму! Страх — плохой советчик, Анна. А сейчас ты Храбрая Воительница.

— Знаю, — пробормотала я. — Хотя и не та, что нужно. — Тут я вспомнила, как много плакала от отчаяния и страха в первые дни, проведённые в Стране-по-ту-сторону — но сейчас мои глаза оставались сухими. — Если бы хоть солнце светило, — прошептала я. — Если бы хоть пели птицы. Если бы хоть было светло и радостно на нашем пути.

— Как может быть светло и радостно, если мы вступаем в ужасную битву? — возразил Раджун. — Будь это не так, нам бы и идти никуда не пришлось. Но я сыграю тебе твою успокаивающую песенку.

И мы, окоченевшие от холода и опустошённые от страха, тронулись в путь.

33
Подъём

Да, от страха можно чувствовать себя совершенно опустошённым и как будто мёртвым внутри. Ты видишь перед собой путь — и ты идёшь по нему; но при этом ты онемевший и словно сам себе чужой. Страх может быть настолько сильным, что ты становишься ко всему равнодушным — и тогда все твои мысли, а с ними и все чувства засыпают.

— Может, стоит дождаться ночи, Раджун? — спросила я, увидев, что он схватился за корзинку с ключом. — Разве не лучше идти под покровом темноты?

Раджун с корзинкой в руке подождал, пока я к нему подойду.

— Как ты собираешься подниматься в горы в темноте? Ведь ты не будешь видеть, куда ступаешь! — возразил он. — Как мы преодолеем горный хребет и пройдём по узким тропам мимо ущелий? Здесь темнота нам не помощник.

— Но днём нас увидят головорезы! — возразила я и не стала помогать ему тащить ключ.

Раджун не ответил, но и не остановился. Лишь спустя какое-то время он оглянулся и посмотрел на меня.

— Ночью идти нельзя, — заявил он. — Ты права: днём тоже нельзя. У нас только два выхода, и оба они невозможны. Но достаточный ли это повод для того, чтобы повернуть назад? — И он пошёл дальше, предоставив мне самой ответить на этот вопрос.

В тот день я узнала, что иногда правильного решения не существует, но это не повод отступать.

Мы молча шли через Зловещие Горы, по бескрайнему пустынному ландшафту и вскоре перебрались через горный хребет, с которого вечером с криками спустились головорезы. Теперь здесь не раздавалось ни звука — у нас за спиной не грохотали копыта, не звучали угрожающие возгласы; да и небо сегодня оставалось спокойным и не сотрясалось от грома. Над Зловещими Горами висела жуткая тишина, и вся страна застыла в ожидании.

И Раджун не играл на губной гармошке.

— Почему сегодня нет головорезов? — прошептала я. — Почему день за днём он пытался нас поймать, а теперь не охраняет путь к своему замку?

— Мы ещё не пришли, — заметил Раджун.

Над нами нависла крепость с толстыми и непреодолимыми стенами, высокими и тёмными башнями — но и оттуда не доносилось ни звука.

— Может быть, у него больше не осталось воинов? — прошептала я. — Может, он отправил их всех на наши поиски и никто не выжил?

Раджун покачал головой.

— И наверху, в своём замке, Дикий сидит совсем один! — с издёвкой сказал он. — Даже не думай, что всё так легко.

Кусок камня отделился от скалы над нашими головами и раскололся у наших ног. Я отпрянула назад.

— Он поджидает нас, Анна, — вздохнул Раджун и посмотрел на осколки камня. — Да и как может быть иначе? Он отправил своих головорезов ещё вчера. Он знает, что мы идём.

— Но скалы ему больше не подчиняются, — заметила я и погладила камень.

Я посмотрела вверх на крепость, над которой бесшумные облака исполняли дикий чёрный танец, и я знала: там сидит Деспот и поджидает своего противника. Деспот ждёт меня.

Нам понадобился целый день, чтобы подняться на Зловещие Горы, и всё это время мы не слышали ничего, кроме звуков наших шагов.

Когда мы наконец добрались до крепости, наступили сумерки.

— Ты думаешь, он там? — тихо спросила я. — Там, где живут люди, не бывает так тихо.

Но Раджун лишь указал на трещину в скале.

— Давай подождём здесь, пока не стемнеет, — прошептал он. — Оставшийся путь мы сможем преодолеть и вслепую.

Из нашего укрытия я посмотрела на стены с зубцами: там не было ни единого головореза. Крепость как будто вымерла.

— Раджун, его там нет, он ушёл! Иначе мы бы не смогли так легко подняться к крепости. Целый день мы шли совершенно напрасно!

Но Раджун молчал; и мы стали дожидаться темноты.

34

Дикий Деспот

Деспот нас ждал.

Как только стемнело, мы стали вслушиваться в тишину, но из крепости по-прежнему не доносилось ни звука. И я поняла, что ждать дальше бессмысленно.

— Ты готова, Храбрая Воительница? — прошептал Раджун. Он подал мне руку, и мы вместе на ощупь двинулись к воротам.

— Ты останешься со мной, Раджун? — едва слышно попросила я, и от страха у меня сдавило горло. — Не оставляй меня одну!

— Я останусь с тобой, Храбрая Воительница, — тихо сказал Раджун. — Я буду с тобой, что бы ни произошло, и буду играть тебе успокаивающую песенку. — Он крепко стиснул мою ладонь. — Даже если в пророчестве ни слова не говорится о спутнике, — сказал он, — я останусь с тобой.

Тут я нащупала деревянные ворота, и мы, отыскав замочную скважину, достали из корзинки ключ — каждое наше действие в бесконечной ночной тишине сопровождалось жутким грохотом.

Ворота отворились легко, но перед нами, как и прежде, лежала непроглядная тьма.

— Я не вижу, куда мы идём! — прошептала я и вслепую вошла в ворота. — Ты ещё здесь, Раджун?

Створки ворот у нас за спиной захлопнулись с таким грохотом, как будто загремел гром, и в это же мгновение раздался смех — такой мрачный и жуткий, что я сразу поняла: Дикий ждал нашего прихода.

В этот день он не стал отправлять нам навстречу своих приспешников, потому что знал: теперь, когда у нас есть ключ, мы точно придём к нему сами. Мы придём по собственной воле и, проникнув в его крепость, окажемся как мышки в мышеловке.

— Добро пожаловать! Очень рад, очень рад! — прозвучал голос, и это был самый жуткий голос из всех, что мне доводилось слышать. Глубокий и зычный, он в то же время был полон ненависти и злорадства. — Как учтиво с вашей стороны, что вы сами потрудились сюда добраться! Мои верные соратники давно пытаются вас поймать, но каждый раз безуспешно! — Он снова рассмеялся, и мне захотелось зажать уши. — Как же это учтиво, что вы пришли сами! — повторил Дикий, и во мраке, резко вспыхнув, к нам стали приближаться факелы, и в их свете я смогла разглядеть внутренний двор: он бесшумно заполнился головорезами, и они схватили меня. — Но я не хочу неожиданностей — я хочу, чтобы вы насладились моим гостеприимством немного дольше, чем вам будет угодно!

У меня на щиколотке защёлкнулся железный браслет, цепь от которого вела к каменной стене. Я оказалась пленницей в крепости Деспота. После всего, что мы пережили за последние дни, после всех наших страхов злодей всё-таки нас схватил.

Ну как же мы могли быть такими глупыми! Как можно было добровольно угодить в его ловушку! О чём мы только думали?! Что нападём на него спящего, пока он предаётся своим мрачным сновидениям?! Или что он безоружный ожидает нас, лёжа в своей постели?!

Раджун и я, мы явились в его крепость не как Храбрые Воины — мы вели себя как дети, как будто всё происходящее — игра. Ведь я Анна, десяти лет от роду и слишком маленькая для своего возраста, и я больше не хотела быть Храброй Воительницей.

— Отдыхайте, отдыхайте! — произнёс голос и эхом отлетел от стен двора, который головорезы почти бесшумно уже покинули. В стыках в стене они оставили свои факелы, и огонь отбрасывал на пол и стены дрожащие тени. — Я скоро вернусь, дети мои! И я уже радуюсь предстоящей встрече!

Последовавшая за этим тишина показалась мне ещё более зловещей, чем его голос. Она трещала от напряжения и была наполнена ожиданием и тайнами. Ужасными, жуткими тайнами.

И тем не менее, решившись оглядеться, я ощутила что-то похожее на радость.

— Раджун! — прошептала я, и его имя заполнило собой внутренний двор и отбросило тысячи шепчущих отзвуков.

Мой спутник, точно так же прикованный цепями к стене, как и я, сидел на другой стороне двора, в самом дальнем от меня углу.

— Храбрая Воительница! — прошептал Раджун, и сейчас это слово прозвучало как насмешка.

И всё-таки я очень обрадовалась, увидев его: я была не одна в пугающем мерцании факелов и во власти Деспота. И мне ужасно хотелось ощутить на своём плече ладонь Раджуна.

— Мы всё сделали не так! — прошептала я, и стены шёпотом ответили мне: «Не так! Не так!» — Мы должны были понимать, что его так просто не одолеть! — И стены прошептали: «Одолеть! Одолеть!»

Раджун молчал.

— Но что нам было делать? — наконец прошептал он. — Как мы могли узнать, что правильно, а что нет?

Я замолчала. Храбрый Воин наверняка бы это знал, подумалось мне. Он бы выманил Деспота из его крепости и не угодил бы в ловушку. Но мы всё сделали не так. Мы рискнули выполнить эту миссию, и мы были отважны — но мы не те, кто нужен.

Факелы мерцали и потрескивали, а камень подо мной был ледяным. Я попробовала вытянуться и отдохнуть, и хотя у меня не было сил думать ни о чём другом, кроме как о своём страхе, я всё равно чувствовала, как холод подбирается к самому сердцу.

— Раджун, мне так холодно! — пожаловалась я, и пока стены насмешливо отвечали мне «Так холодно! Так холодно!», я мечтала ощутить его тепло.

— Ты права, нам не стоило за это браться, — голос Раджуна прозвучал бесстрастно и безжизненно. — Мы должны были насторожиться, когда узнали, что кролик совершил ошибку. И что пророчество имело в виду не тебя. Не нужно было пытаться обхитрить судьбу.

— И отдать всё Дикому, — устало проговорила я. — Отдать ему целую страну, каждый камень и каждое растение, каждое животное — а теперь ещё и сердца людей.

Раджун молчал, и мне ответило только моё эхо.

— Раджун? — испуганно прошептала я.

Я услышала его рыдания, и он сказал:

— Я могу думать лишь о том, что нас ждёт, Анна, и мне очень страшно. — Он снова зарыдал, и мне захотелось обнять его и утешить — и утешиться самой.

Я ненавидела Деспота и его приспешников, разделивших нас: я ненавидела их за всё, что они сделали с этой страной — но в эту минуту я больше всего ненавидела их за то, что мы с Раджуном не могли обняться и укрыть друг друга от отчаяния и страха.

— Я не хочу думать о том, что будет! — упрямо заявила я и поднесла руку к лицу, чтобы в мерцающем свете факелов внимательно рассмотреть кольцо, белый камень над красным. — Помоги же, кольцо! Помоги!

Но ничего не произошло.

— Здесь мы и умрём, Анна, — тихо произнёс Раджун, и я вспомнила, что он уже произносил эти слова в Прелестном Краю Блуждающих Дорог: «Здесь мы будем жить и здесь мы умрём». Но теперь он говорил только о смерти. И мы оба знали, что нам осталось недолго. Всё случится очень скоро — когда вернётся Деспот.

И тут я услышала над головой шорох. Он приближался — громкий шорох в темноте. Крыльев на фоне ночного неба было не разглядеть. Но я всё равно знала, что это значит.

— Птица, Раджун, — сказала я. — Над крепостью кружит шпион.

35

Зеркало

Шорох стал ещё громче, и я услышала взмахи крыльев, а затем увидела птицу. Она кружила над замком и над двором, где мы сидели. Она была совсем рядом.

— Что ей ещё нужно?! — возмутилась я. — Теперь, когда мы уже давно во власти Дикого? — Я погрозила кулаком в небо, туда, где надо мной зависла птица, и заметила, что она держит что-то в когтях. Она опускалась всё ниже и ниже, и от взмахов её крыльев заколебался воздух, и я закрыла лицо руками.

Поэтому я и не заметила, как из её когтей выпало зеркало; поэтому я его и не поймала — и оно, тихо звякнув, упало к моим ногам на каменную мостовую двора.

Я открыла глаза.

Шорох крыльев стих вдали, но передо мной — так близко, что я могла до него дотянуться даже в цепях, — лежало зеркало кузнеца, и несмотря на царивший во внутреннем дворе сумрак, его серебристая оправа сверкала, а на его поверхности отражался свет факелов.

— Птица принесла мне зеркало! — прошептала я и потянулась к нему.

Волна облегчения прокатилась по моему телу, наполнив меня безграничной лёгкостью и теплотой, и мне захотелось кричать от радости.

Птица принесла мне зеркало! Птица оказалась не предателем и не шпионом. Всё это время она следовала за нами только для того, чтобы знать, где мы находимся, и принести мне зеркало, как только она его найдёт.

Значит, я спасена! Осталось лишь поднять зеркало и, повернув его золотистой стороной к себе, заглянуть в него — и я тут же забуду про замок как про страшный сон. Всего один взгляд в зеркало — и я окажусь дома! Там перед светофором будет стоять грузовик, и мамаши будут созывать своих деток к ужину, и мне придётся поторопиться, чтобы не заставлять маму ждать.

Дрожащими пальцами я ухватилась за серебристую ручку. Неужели всё так просто?!

Неужели после всего ужаса, что я пережила, я сейчас переверну зеркало другой стороной — и спасусь?!

Я-то спасусь — но не Страна-по-ту-сторону. Я вернусь домой, к своей повседневной жизни, и каждое утро буду ходить в школу, ссориться с Катей, списывать домашние задания у Ассал и дуться на Назрин за то, что она отняла у меня подругу, — а Страна-по-ту-сторону останется во власти Деспота. Он по-прежнему будет владеть Символом кузнеца — медальоном, наделяющим его властью над сердцами людей; а я уйду и попробую обо всём этом забыть. Обо всём — включая Раджуна.

Колебалась ли я — хотя бы мгновение? Было ли мне стыдно, что я так обрадовалась возможности спастись — обрадовалась так сильно, что позабыла обо всём?

Я не испытывала стыда за то, что взяла в руки зеркало — слишком уж велик был прежде мой страх, и слишком велико было теперь моё облегчение: я не была Храброй Воительницей, и я очень хотела домой.

Я подняла зеркало и поднесла его к лицу. Я заглянула в свои глаза, в глубине которых за облегчением ещё мерцал страх — страх, но не стыд; и я испугалась, увидев, какой измождённый у меня вид.

Я перепробовала всё, что могла, подумала я и в последний раз взглянула на внутренний двор крепости и на Раджуна. Я сделала всё, что было в моих силах, но этого оказалось недостаточно. А теперь я возвращалась туда, где моё место. И в том, что я не Храбрая Воительница, нет моей вины.

Я повернула зеркало.

Страх перед Деспотом был безграничным — но ещё безграничнее оказалось моё отчаяние, когда я увидела, что обратная сторона зеркала разбита.

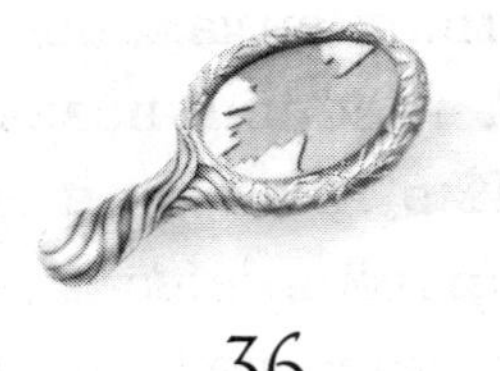

36

Сражение

От ужаса перед Деспотом у меня захватывало дух, и я была уверена, что ничего страшнее быть не может: но безнадёжность, которую я ощутила теперь, оказалась куда пронзительнее.

Я смотрела в пустоту зеркала и на осколки на каменном полу. Значит, домой я больше не вернусь. Никогда.

Я перевернула его — и увидела своё лицо. Я больше никогда не вернусь домой. Никогда.

Я осознала, что в трудные времена лишь эта надежда придавала мне сил. Лишь она одна помогала мне быть Храброй Воительницей: надежда на то, что, победив злодея, я вернусь домой.

— Анна? — прошептал Раджун. — Анна, что с тобой?

— Птица принесла мне зеркало, — уныло сообщила я.

Раджун помолчал, прежде чем ответить.

— Значит, ты уйдёшь, — едва слышно пробормотал он. — И оставишь меня одного.

И тут до меня окончательно дошло, что я только что собиралась сделать, — и меня впервые охватил стыд, хотя я всё равно очень хотела, чтобы у меня была возможность вернуться.

— Зеркало разбилось, — сказала я. — Домой я не попаду.

Раджун вздохнул; но был ли это вздох облегчения или вздох сочувствия, я не знала.

— Бедная Анна! — прошептал Раджун. — Бедная, бедная Анна!

О своих предательских мыслях я ему говорить не стала.

— Теперь неважно, — вместо этого сказала я, — убьёт меня Деспот или нет — я всё равно не смогу вернуться домой... — И как только я произнесла его имя, над двором прогремел гром, а бешеный порыв ветра погасил все факелы.

— Не думай об этом, Анна! — прошептал Раджун. — Ты можешь остаться у нас в Ферме-на-краю! Ты можешь быть мне сестрой!

Но я его не слушала. Наконец-то я буду сражаться с Деспотом, не испытывая страха, — ведь мне больше нечего терять.

— Деспот! — крикнула я, и снова послышались завывания бури. — Деспот, выходи! Я хочу сразиться с тобой!

Сквозь грохот бури я почти не слышала, как Раджун кричал мне, чтобы я сидела тихо: мне хотелось только, чтобы всё закончилось.

И злодей появился, во всём своём блеске. Он стоял передо мной — белый рыцарь, возникший из ниоткуда, будто занесённый сюда молнией. От него исходило мрачное сияние ужаса, какого я ещё никогда не видела, и в его свете белые доспехи выглядели холодными и мрачными.

— Ты зовёшь меня, маленькая девочка? — В его голосе смешались насмешка и ярость. — Тебе не хочется насладиться своими последними часами?

Двор наполнился голосами, и я их узнала: вместе с Деспотом явились и его бандиты. Они протиснулись всей толпой во двор, и их становилось всё больше, пока почти не осталось свободного пространства, и все держали в руках факелы. Однако на фоне тёмного сияния, окружающего Деспота, их факелы казались тусклыми.

Злодей говорил, головорезы растекались по внутреннему двору, а меня била такая дрожь, что зуб на зуб не попадал. Я думала, что теперь мне всё безразлично, что теперь мне нечего терять и поэтому мне уже ничего не страшно. Но Деспот был таким ужасным, а сияние от него таким жутким, что я пожалела, что позвала его.

— Хочешь сразиться со мной, маленькая девочка? — спросил Деспот: теперь он стоял передо мной, и я смотрела в его хладнокровное лицо. Это было лицо человека, но в его глазах сквозила такая жажда расправы, что я потеряла дар речи. — Ты решила, что сможешь стать Храброй Воительницей, — сказал Деспот и медленно, очень медленно освободил мою ногу от цепей. — Ты решила, что ты умнее пророчества. Вот и посмотрим, — и он снова рассмеялся жутким смехом.

Я видела ненависть в его глазах и понимала, что пропала. На груди у него сверкал Символ кузнеца. У этого злодея был выбор: он мог зарубить меня мечом или же при помощи этого медальона подчинить себе моё сердце; и то и другое вызывало во мне безмерный страх.

И всё-таки я знала, чего я боялась больше.

— Да, давай сразимся, — заявила я, и голос у меня дрожал так, что слов было почти не разобрать. — Давай сразимся, и тогда посмотрим! — И я взглянула на Деспота в его доспехах и с его страшным оружием — я, Анна, десяти лет от роду, и руки у меня были пусты:

Храбрый Воин, вооружённый лишь своей отвагой. Но отважной я не была, и я не знала, как долго ещё смогу держаться на ногах.

Я закрыла лицо руками и увидела кольцо, белый камень над красным; и я подумала, что теперь самое время превратить страх в отвагу, а слабость — в непобедимую силу.

— Тебе страшно, маленькая девочка! — воскликнул Дикий, и по его голосу я поняла, как он этому рад. — Тут ты права! Схватка будет неравной! — И он вытащил меч из ножен и швырнул его мне.

В это мгновение я услышала мелодию. Раджун, сидя в самом дальнем углу на другой стороне двора и заслонённый от меня головорезами, наигрывал мою успокаивающую песенку.

Меч упал передо мной на каменный пол.

— Не нужен мне твой меч, — заявила я, Храбрый Воин, вооружённый только своей отвагой.

Было ли отвагой то, что я чувствовала, я не знаю — но на другой стороне двора Раджун наигрывал мою успокаивающую песенку. Я была не одна.

— Значит, сражение будет недолгим! — заявил Дикий, и в его голосе слышалась не только ненависть, но и жуткая злость, потому что больше всего ему хотелось смотреть, как я трепещу от страха, и слышать, как стучат мои зубы.

Деспот, шаг за шагом, гнал меня по двору. Он медленно подошёл, с ненавистью глядя на меня, и я, отпрянув от него, споткнулась, выпрямилась, снова споткнулась — и упала.

Я лежала на холодных камнях двора, а надо мной навис Дикий, огромный и страшный, и я знала, что всё кончено. Я не была Храброй Воительницей. Деспот победил.

Но и этого ему было мало. Его жестокость была такой непомерной, а ненависть — такой безумной, что ему хотелось дольше наслаждаться страхом в моих глазах, и, резко взмахнув рукой, он приказал мне подняться.

Почему я всё ещё ему повиновалась? Я вскочила на ноги и помчалась через двор, и головорезы расступились, освобождая мне дорогу. Я спешила к противоположной стене — там окончилось моё бегство. Прижавшись спиной к чёрному камню, я стояла и смотрела на Дикого.

Он подошёл ко мне, без оружия, во всём своём жутком блеске; а я стояла неподвижно и слушала свою мелодию.

Я слушала свою мелодию — и тут это произошло. Я почувствовала, что она меня успокаивает. И я вдруг успокоилась — и шагнула навстречу Деспоту, не сводя глаз с Символа.

Блеск потух.

Зловещее сияние погасло, и вначале я не поверила своим глазам, а когда поверила, Дикий уже исчез: он словно растаял как старый снег, и там, где мгновение назад возвышался жуткий рыцарь в доспехах, окружённый холодным сиянием, теперь стоял маленький невзрачный человечек — согбенный, с испуганным лицом и дрожащими руками, цепляющимися за медальон.

— Деспот! — прошептала я. — Деспот!

Но гром не загремел, и по двору не пронеслась буря и не затушила факелы. Маленький серый человечек испуганно взглянул на меня и сделал несколько шагов назад.

— Отдай медальон, Деспот, — мягко произнесла я. — Чары разрушены, — и я подошла к нему и протянула руку.

Его глаза округлились от ужаса, и он, сорвав с шеи медальон, швырнул его на землю — и в это мгновение я услышала вокруг себя шум, как будто люди стали пробуждаться от сна; я услышала смех и радостные возгласы. Я смотрела злодею вслед, когда он поспешно вышел из крепости через раскрытые ворота, направляясь в Зловещие Горы, над которыми небо в зареве нового дня окрасилось в красный цвет. А вокруг меня обнимались люди, которые прежде были его приспешниками: мужчины и женщины, старые и молодые — они плакали и смеялись от счастья.

Страна была освобождена.

Страна была освобождена, а я была Храброй Воительницей — и в то же время я ничего не сделала. Но Раджун, закрыв глаза, как во сне наигрывал мою мелодию, не замечая, что происходит вокруг.

— Раджун! — крикнула я и побежала к нему. — Раджун, всё кончилось! Мы одолели Деспота!

Раджун резко открыл глаза, и последний звук мелодии надолго повис в воздухе.

— Анна! — воскликнул он. — Ты жива!

Тут он увидел людей во дворе, мужчин и женщин в одежде этого края, и как они бросались друг другу в объятия, и плакали, и смеялись.

— Где Деспот? — спросил Раджун.

И тут над зубчатыми стенами замка взошло солнце.

Солнце вернулось в Зловещие Горы, которым теперь потребуется новое название. Страна была освобождена.

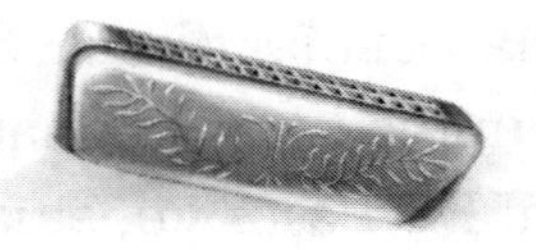

37

Праздник

Мы сидели на нагретой солнцем каменной мостовой внутреннего двора и праздновали победу. Люди разожгли огромный костёр, и на вертеле жарился бык.

Пожилой мужчина играл на гармошке, молодая женщина — на флейте; и каждый, у кого было желание, пел и танцевал, а от огня исходил ароматный запах жаркого. Через ворота во двор продолжали стекаться мужчины и женщины: сутулые и уставшие, они сливались с празднующими.

— Это головорезы, которые были прошлой ночью в горах! — воскликнул Раджун. — Те, которые свалились в пропасть: теперь и они освобождены.

— Они живы?! — изумлённо воскликнула я.

Раджун кивнул.

— Ты и их спасла, Храбрая Воительница, — сказал он. — Ты спасла всю страну.

Мы с ним немного посидели в сторонке от остальных и посмотрели с зубчатых стен вдаль. Сверху было видно далеко, и мы любовались страной, тёплой и приветливой в лучах солнца; а над замком уже щебетали первые птицы.

— Но я же ничего не сделала! — возразила я. — Как ты не понимаешь! Я знала, что не смогу его победить, и поэтому просто ждала — и вдруг это произошло!

— Наверное, что-то ты всё-таки сделала, — заметил Раджун.

Я энергично покачала головой.

— Я просто ждала! — воскликнула я. — Ты что, не понимаешь? Я ведь не могла ничего сделать!

— Ты не знаешь, — настаивал Раджун. — Но что-то ты точно сделала.

— Храбрый Воин, вооружённый лишь своей отвагой, — сказала я. — Но я не была отважной, и я не Храбрый Воин. И всё-таки страна освободилась.

— Интересно, куда он убежал, — сказал Раджун.

— Теперь это невысокий невзрачный человек, — объяснила я. — Его уже никто не узнает.

— Это неважно, — сказал Раджун. — Он больше никому не причинит зла. — Он встал и потащил меня к костру. — Идём, Храбрая Воительница. Спасибо, что ты сражалась ради нас. Спасибо, что спасла нас.

Я подошла с ним к костру. Одна из женщин протянула мне кружку.

— Разве мы сможем когда-нибудь вас отблагодарить, — сказала она, — за то, что нам больше не придётся быть его ужасными головорезами?

— Разве мы сможем когда-нибудь вас отблагодарить, — подхватил мужчина и протянул мне кусок хлеба, — за то, что наши сердца оттаяли и снова способны биться от радости и горя?

— Разве мы сможем когда-нибудь вас отблагодарить, — произнёс старик, прижимая к плечу скрипку, — за то, что над Зловещими Горами снова светит солнце?

Вскоре все люди уже толпились вокруг нас, а мы с Раджуном стояли в центре и смотрели друг на друга.

— Я его не победила, — тихо промолвила я. — Это недоразумение. Я вообще ничего не сделала.

Люди удивлённо переглянулись, и старик со скрипкой кивнул.

— Ну конечно же ты его не победила, — сказал он. — Ты поступила очень смело, приготовившись принять бой, — но победила его не ты. — Он улыбнулся. — Это юноша с губной гармошкой разрушил чары. Он наиграл мелодию злодея. — И все, кто стоял вокруг нас, закивали, как будто знали это всегда.

Внутри меня всё похолодело. Я не Храбрая Воительница. Я не Храбрая Воительница.

Мы танцевали под музыку скрипки, флейты и гармошки; мы ели, пили и смеялись. Но моё сердце оставалось к этому безучастным.

— Раджун, — сказала я, когда некоторое время спустя мы молча сидели у костра и слушали скрипку. — Я не Храбрая Воительница. Я не та, кто нужен. Я вообще была не нужна — ни для чего. Я совершенно напрасно прошла через пустыню и совершенно напрасно боялась. Это ты спас страну от Деспота. Я не пригодилась — ни для чего.

Раджун посмотрел на губную гармошку в своей руке и ничего не ответил.

— А теперь я здесь словно пленница, — продолжала я. — Я не смогу вернуться домой. Я лишилась этой возможности — и совершенно зря! — Я почувствовала, как горло сковали рыдания и слёзы наполнили глаза.

Раджун по-прежнему не смотрел на меня.

— Но без тебя я бы и не пошёл, — произнёс он через некоторое время. — Ты не Храбрая Воительница — но без тебя Деспот не был бы побеждён. Если бы ты не выступила против него, я бы тоже этого не сделал. Значит, всё не напрасно.

Я уставилась на него.

— А если бы ты, несмотря на весь твой страх, не собралась с ним сразиться, — продолжал Раджун, — то я бы не заиграл твою успокаивающую мелодию. Твоя успокаивающая мелодия — это и мелодия Деспота. Лишь она могла победить его. — Теперь Раджун смотрел мне в глаза. — Всё было не напрасно, — сказал он. — Всё произошло так, как должно было произойти.

Я задумалась.

— Но пророчество же не исполнилось! — возразила я. — Всё было неправильно с самого начала: кролик принёс зеркало не тому человеку, и злодея победил не Храбрый Воин. Всё было неправильно!

Раджун рассмеялся.

— Зато теперь всё правильно! — воскликнул он. — Деспот побеждён, его чары разрушены, и наша страна освобождена. Кого теперь волнует, как именно это произошло! — Он снова рассмеялся и вскочил на ноги. — Не те могут стать теми! — воскликнул он. — Забыла? Так говорил мой отец.

— И мы стали теми, — согласилась я, и по спине пробежала дрожь: я вспомнила, что Деспота одолела моя успокаивающая песенка.

— Конечно! — вскричал Раджун и потянул меня к костру, танец вокруг которого становился всё более раскрепощённым. — Почему бы не тому не стать тем, если он готов рискнуть и попытаться сделать всё, что в его силах?

И мы смешались с толпой танцующих, и праздновали, и веселились с ними в отблесках костра.

38

Дорога домой

Позже той же ночью именно Раджун пошёл искать кузнеца.

— Ну как ты не понимаешь? — сказал он. — У Алина-кузнеца дар! Он выковал тот страшный медальон, кольцо и зеркало — так почему же ему не сделать для тебя новое?

Во мне стала просыпаться робкая надежда.

— Я бы так хотел, чтобы ты осталась со мной, Анна, — признался Раджун. — Но я понимаю, что тебе хочется вернуться домой, как и нам, а твой дом находится по ту сторону зеркала.

— Но я смогу навещать тебя в любое время! — крикнула я, когда он уже исчез из виду. — Если кузнец сделает для меня зеркало! Мне будет достаточно его повернуть — и я уже у тебя. — И я тоже пустилась в пляс и танцевала почти так же беззаботно, как и все остальные.

Но Алина среди этих людей не было.

— Они будут его искать, — сказал Раджун, стараясь меня утешить, когда на следующее утро мы вышли из залитой солнцем крепости. Мужчины и женщины обнимались на прощание и расходились в разные стороны; каждый возвращался в свою деревню, в свой родной дом.

— Они все будут искать его для тебя, — повторил Раджун. — Если все остальные освободились, то и кузнец теперь наверняка свободен.

Мне так хотелось ему верить!

В Горных Корнях мы встретили кролика — он с потерянным видом сидел под одной из скал, которая уже начала обрастать мягким мхом, и смотрел в нашу сторону.

— Всё закончилось? — прошептал он. — Совсем?

— Так вот ты где! — воскликнула я. — Мы так тебя искали, кролик! Мы тебя звали, и из-за этого нас едва не схватили головорезы!

Кролик опустил глаза.

— Я сомневался, — пробормотал он. — Понимаете? Я не знал, смогу ли вам чем-то помочь — там, наверху, в крепости. Чем я мог быть полезен в сражении с Диким? И я решил... просто вам не мешать.

Раджун посмотрел на него сверху вниз.

— Ты опять струсил! — воскликнул он. — Поэтому ты остался здесь и не пошёл с нами! — Он схватил кролика за загривок. — Сначала ты приносишь зеркало не тому человеку! — негодовал он. — А потом из-за трусости не сбегаешь! Ты труслив, кролик, и глуп, и толку от тебя никакого!

Кролик затрепыхался в его руках.

— Конечно, можно сказать и так! — с мольбой в голосе промолвил он. — Конечно-конечно! Но правильно ли я понял — Дикий побеждён?

— Деспот больше не причинит никому вреда, — кивнула я, и из-за облаков не донеслись раскаты грома, и над горами не пронеслась буря.

— Я так и думал, так и думал! — воскликнул кролик. — Не мог бы ты быть так любезен и опустить меня обратно на землю? Я так и подумал, когда увидел над горами солнце и какой светлой стала крепость, и когда услышал танцевальную музыку. Но, с другой стороны, разве я мог быть абсолютно уверен — вдруг это была ловушка?

— Ты трус, кролик, — повторил Раджун и осторожно опустил его на землю.

— Конечно-конечно, можно сказать и так! — произнёс кролик и встряхнулся. —

С другой стороны: разве страна не освобождена? Разве моя миссия не выполнена? Значит, не так уж часто я ошибался.

Я рассмеялась.

— А я рада, что ты наконец с нами, кролик, — сказала я.

И мы все вместе пошли по Прелестному Краю, и, подойдя к расщелине, в которой бурлила и ревела Бурная Река, построили из веток мост и легко перешли на другую сторону. В пропасти журчал мирный ручеёк.

— Помнишь, как мы искали мост? — спросил Раджун. — И как головорезы едва тебя не схватили?

Тут мы увидели человека, который поднимался из ущелья наверх. Он был таким промокшим, что с него ручьями стекала вода. Это был мускулистый мужчина в чёрном кожаном камзоле, и, оказавшись наверху, он издал приветственный клич — такой громкий, что задрожала земля.

— Я снова свободен! — вскричал кузнец. Я поняла, что это он, когда увидела его кожаный камзол и следы сажи на лице. — Я снова свободен!

— Алин-кузнец! — прошептала я и бросилась ему навстречу.

Так значит, это он был в обличье головореза. Это он преследовал меня, когда я перебиралась на ту сторону. Это он, Алин, сорвался в ущелье.

— Алин-кузнец! — воскликнула я и протянула ему кольцо и медальон. — Возвращаю тебе медальон, который был у Деспота! А вот кольцо!

Кузнец смотрел на меня так, будто не верил своим глазам.

— Маленькая девочка! — сказал он. — Маленькая девочка возвращает мне медальон. Так значит, Храброй Воительницей была маленькая девочка! — И он покачал головой и рассмеялся. А кольцо надел на палец.

— Нет, всё было не так! — быстро проговорила я. — На самом деле его освободила мелодия. А мелодию сыграл Раджун.

Но кузнец меня не слушал. Он смотрел на медальон в своей руке — тусклый, грязный и ржавый, — а затем нежно провёл по нему пальцем.

— Его сила разрушена, — прошептал он. — Теперь это просто кусок металла. — Он посмотрел на нас и улыбнулся. — Как мне вас благодарить? — произнёс он. — Вы вырвали у Дикого медальон, который наделял его властью над сердцами людей; вы разрушили жуткие чары, овладевшие этой страной. Теперь я такой же кузнец, как и другие! Я сжимаю в руке медальон, и он останется тем, чем является: ржавым куском металла. Да, я свободен: я утратил свой дар! — и он радостно рассмеялся, подхватил меня под руки и принялся кружить, как раньше иногда делал мой папа — до того, как съехал от нас.

— Я свободен! — воскликнул кузнец и опустил меня на землю. — Я утратил свой дар! А значит, я могу вернуться в деревню, к людям. — И он, схватив Раджуна, тоже покружил его, как до этого меня.

Я похолодела от ужаса. Кузнец был освобождён, как и вся страна: он утратил свой дар.

Он уже никогда не сделает для меня новое волшебное зеркало.

39

Совет кролика

Алин-кузнец нёс меня на плечах по Бескрайней Пустыне.

— Маленькая девочка! — шептал он. — Маленькая девочка!

Я закрыла глаза. Я не хотела ничего видеть и слышать, и я больше никогда не хотела ходить. Мне было совершенно безразлично, где я нахожусь. Домой мне больше не вернуться.

Всё было потеряно. Алин-кузнец стал обыкновенным кузнецом, таким же, как другие, и это сделала я сама при помощи Раджуна.

Мы брели по Бескрайней Пустыне, Раджун, Алин и я, а рядом с нами тащился кролик. Глаза у меня были закрыты. В наступающих сумерках Раджун играл на губной гармошке, но его мелодии не приносили мне утешения.

Вскоре мы доберемся до Фермы-на-краю, и фермер и его жена встретят нас в свете вечерних огней. Они раскроют объятия и выбегут навстречу своему сыну, счастливые оттого, что он вернулся. Меня же там никто не ждёт.

Я вдруг затосковала по маме — так, как не тосковала никогда. Я тосковала по ней и вспоминала, как она стояла на подоконнике и мыла окна; как ворчала, что я не могу найти себе занятие; как читала мне сказки на ночь, а потом подтыкала под меня одеяло и легонько целовала в лоб.

— Она плачет! — прошептал Раджун. — Алин! Она плачет!

Алин поднял меня над головой и очень мягко опустил на землю.

— Ты так сильно нам помогла, маленькая девочка, — сказал он. — Для нас ты Храбрая Воительница. Каждый житель этой страны будет тебя уважать, и всегда найдётся тот, кто о тебе позаботится.

Моё тело сотрясали рыдания, и я думала, что уже никогда не успокоюсь.

— Ну же, ну, — беспомощно бормотал кузнец. — Ну будет тебе! Любое горе рано или поздно проходит! — Он вложил мне в руку зеркало. — Только взгляни на себя! — с осуждением произнёс он. — Ты наша Храбрая Воительница — и ты плачешь!

Но я не хотела смотреть в зеркало. Больше никогда.

— А от слёз краснеют глаза, — подхватил Раджун.

Так я всегда говорила дома, и я знала, что он сказал это только для того, чтобы меня рассмешить; но я заплакала ещё горше.

— Можно, теперь я скажу? — произнёс кролик и прокашлялся. — Можно, теперь я предложу решение?

— Замолчи! — вскричал Раджун. — Это ты во всём виноват! Это ты привёл её сюда! Ты такой глупый, такой безнадёжно глупый! — И по его голосу было слышно, что он готов ударить кролика.

Я открыла глаза и увидела, как за спиной Алина-кузнеца, на пальце которого сверкало кольцо, белый камень над красным, кролик испуганно отпрыгнул в сторону.

— Разве глупец не может хоть раз стать умным? — взволнованно сказал он. — Я просто подумал...

— Замолчи, кролик! — вскричал Раджун. — Тебя больше никто не желает слушать!

Я посмотрелась в зеркало и увидела, что глаза у меня красные, очень красные.

— Кольцо! — воскликнул кролик. — В минуту крайней необходимости оно способно превращать какое-либо свойство в его противоположность! Вдруг оно сможет превратить лицевую сторону зеркала в обратную?!

И пока я над этим размышляла и думала, что это невероятно и совершенно невозможно, я увидела в зеркале, что я уже не в Бескрайней Пустыне.

Глаза у меня были красными, а на щеках виднелись следы слёз; но за своим зарёванным лицом я разглядела высотные дома, серые в наступающих сумерках. А грузовик перед светофором только что затерялся в плотном вечернем потоке машин.

40
Возвращение

Я вернулась домой.

Я вернулась домой! Как это стало возможным?! Разве идея кролика не была совершенно бредовой?!

Я глубоко вдохнула и огляделась по сторонам: это были мои родные места. Высотные дома, в окнах которых загорались первые огоньки, лужайка перед домами и берёза — и даже шумная улица с потоком автомобилей.

— Ура-а-а! — воскликнула я и подпрыгнула от радости, как делают маленькие дети, когда родители отводят их в кафе-мороженое или покупают велосипед с поддерживающими колёсиками. — Урррааа-ааа! Дааа-ааа! Даааа-ааа!

— У тебя что, крыша поехала? — произнёс чей-то голос, и оказалось, что за моей спиной стоят Алекс и Миха и крутят пальцем у виска.

Конечно, они решили, что я слетела с катушек. Но мне было всё равно. О, ну до чего же мне было всё равно!

— Мне нужно быстренько сбегать за покупками, — сказала я и даже не стала слушать, что они кричали мне вслед.

Я поспешила к светофору, и на душе было так радостно, что я подумала, что больше никогда в жизни ничто меня не опечалит. Остановился автобус, из него выпрыгнул молодой человек и едва не налетел на меня — молодой человек, высокий и сильный, с сияющими глазами и волевым подбородком, как у пластиковых фигурок, с которыми мальчишки всегда играют в войну, пока они маленькие, и я на мгновение решила, что знаю его.

— Смотри, куда прёшь! — зарычал он и, оттолкнув меня в сторону, прошёл через лужайку между домов и скрылся из виду.

И я вспомнила, где видела его раньше.

Но это было совсем неважно. Я снова была дома, и меня ждала мама.

Когда я подошла к супермаркету, там стояли Катя и Назрин. Они только что купили себе по жвачке без сахара и теперь жевали её, раздувая щёки.

— Катя! Назрин! — воскликнула я и радостно помахала им рукой. Как же мне хотелось их обнять!

— Ты ведёшь себя так, будто мы не виделись тысячу лет! — сказала Катя, и как только я собралась объяснить, что почти так оно и есть, глаза Назрин вдруг наполнились ужасом.

— Ты плакала! — воскликнула она. — И ты вся в грязи! Что с тобой случилось? — И она протянула мне одну из своих жвачек. Я взяла пластинку, и Назрин показалась мне очень милой, и я подумала, что как-нибудь можно с ней поиграть.

— Я расскажу вам обо всём завтра, — сказала я. Мне так хотелось рассказать! Но я знала, что моей истории никто не поверит. — А сейчас мне нужно за продуктами. Пока! — И я вошла в магазин, и там царила такая же суета, как и каждый вечер, и люди с недовольными лицами толкали перед собой тележки, и свет был слишком яркий, а голос из громкоговорителя напевал: «Освободись! Новым днём насладись! В наше радио влюбись!»

И мне захотелось подпевать, и я подумала, что теперь буду делать так всегда-всегда! Наслаждаться каждым днём. А если вдруг что-то покажется мне невыносимым, то я подумаю о Деспоте, и о Стране-по-ту-сторону, и о том, как страстно я хотела вернуться домой.

— Ты прям светишься! — заметила женщина-кассир, перед которой я выложила буханку чёрного хлеба. — У тебя что, день рождения? Вот смотрю на тебя — и у самой настроение поднимается!

Я только кивнула в ответ и подумала, что я сейчас почти что Храбрая Воительница и осчастливила ещё больше людей.

Открыв дверь квартиры, мама пришла в ужас:

— Анна, господи ты боже мой! Ну у тебя и вид! Что стряслось?

Я поставила корзинку на пол и огляделась в коридоре, а потом обняла маму и немного всплакнула.

— Анна, деточка! Ну же, ну! — испугалась мама. — Расскажи, что случилось!

Я достала из кармана зеркало.

— Ты мне поверишь, мама? — спросила я. — Если я расскажу, что с помощью зеркала попала в другую страну? В Страну-по-ту-сторону?

Мама улыбнулась.

— Что это за старое зеркало? — спросила она. — Сколько на нём узоров! На мой вкус, оно слишком вычурное.

— Ты мне поверишь, мама? — повторила я.

— Ты не хочешь рассказывать мне, что с тобой произошло, правильно я понимаю, детка? — спросила она и пристально посмотрела мне в глаза. — Если не хочешь, то и не надо. Пока не выкинешь что-нибудь ещё. Но если это снова те самые Роуди из дома номер «В», если они тебя побили, то нам, возможно, всё-таки стоит сходить к их родителям.

— Это не они, — ответила я, и мама предложила приготовить мне тёплую ванну с пеной из флакона с Минни Маус.

— А потом я сяду на край ванны и почитаю тебе, — сказала она. — И твои слёзы высохнут. — И она провела пальцем по моим щекам, и палец был на ощупь очень шершавым, потому что она мыла окна и её руки долго пробыли в воде.

И тогда я поняла, что я действительно дома.

Но вечером на своей двухъярусной кровати со шторками в синюю полоску я долго не могла уснуть. Я положила зеркало в выдвижной ящик и, обняв плюшевого кролика, залезла с головой под одеяло. Я так делаю всегда, когда мне нужно поразмышлять.

Значит, под конец и кролик совершил правильный поступок! Я считаю, что справедливости ради должна это сказать: кролик меня спас. Иначе я до сих пор находилась бы в Стране-по-ту-сторону.

И это большая удача, что именно кролик получил это задание — принести зеркало Храброму Воину. Кто знает, оказался бы кто-то другой настолько глуп, чтобы кольцо сумело сделать его настолько сообразительным и натолкнуть на мысль поменять переднюю и заднюю стороны.

Хотя кролик, конечно, виноват, что зеркало получил не тот, кто нужно, — то есть я. Более сообразительный посыльный, возможно, с самого начала сделал бы всё правильно, а теперь всё прошло не так, как было сказано в пророчестве.

Однако учитывая, что я не такая умная, как Ассал, не такая сильная, как Алекс, и вообще недостаточно усердная, я считаю, что провернула это дельце вполне себе неплохо. Жаль только, что я никому не могу об этом рассказать. И что я больше никогда не увижу Раджуна. Да, у меня есть Катя и Назрин, но это другое.

И тут до меня вдруг внезапно дошло.

Кольцо! Страна освобождена, и кузнец утратил свой дар — но кольцо продолжало творить волшебство. Иначе бы меня здесь не было.

— Раджун! — прошептала я и крепко-крепко прижала к себе мягкого кролика. — Может быть, я ещё вернусь!

Или Раджун придёт к нам.

Теперь-то я знаю, что всё возможно.

А что же Тот-кто-живёт-над-облаками? Когда наступает вечер, Тот-кто-живёт-над-облаками стоит высоко над холмами, а над ним кружит большая птица, и она опускается всё ниже, а затем садится на протянутую для неё руку.

Когда наступает вечер, Тот-кто-живёт-над-облаками стоит высоко над холмами и смотрит на звёзды на небе и видит, как на земле зажигаются огни, один за другим.

И смеётся.

Содержание

Литературно-художественное издание
әдеби-көркемдік баспа

Для среднего школьного возраста
орта мектеп жасындағы балаларға арналған

Бойе Кирстен

ТОТ, КТО ПРИХОДИТ ИЗ ЗЕРКАЛА
(орыс тілінде)

Руководитель направления *Т. Суворова*
Ответственный редактор *Н. Сергеева*
Литературный редактор *Е. Остроумова*
Младший редактор *Ю. Пичугина*
Художественный редактор *Ю. Щербаков*
Технический редактор *О. Лёвкин*
Компьютерная верстка *В. Андриановой*
Корректор *Н. Хотинский*

Адаптация дизайна, леттеринг Юрия Щербакова

ООО «Издательство «Эксмо»
123308, Москва, ул. Зорге, д. 1. Тел.: 8 (495) 411-68-86.
Home page: www.eksmo.ru E-mail: info@eksmo.ru
Өндіруші: «ЭКСМО» АҚБ Баспасы, 123308, Мәскеу, Ресей, Зорге көшесі, 1 үй.
Тел.: 8 (495) 411-68-86.
Home page: www.eksmo.ru E-mail: info@eksmo.ru.
Тауар белгісі: «Эксмо»
Интернет-магазин : www.book24.ru

Интернет-магазин : www.book24.kz
Интернет-дүкен : www.book24.kz
Импортёр в Республику Казахстан ТОО «РДЦ-Алматы».
Қазақстан Республикасындағы импорттаушы «РДЦ-Алматы» ЖШС.
Дистрибьютор и представитель по приему претензий на продукцию,
в Республике Казахстан: ТОО «РДЦ-Алматы»
Қазақстан Республикасында дистрибьютор және өнім бойынша арыз-талаптарды
қабылдаушының өкілі «РДЦ-Алматы» ЖШС,
Алматы қ., Домбровский көш., 3«а», литер Б, офис 1.
Тел.: 8 (727) 251-59-90/91/92; E-mail: RDC-Almaty@eksmo.kz
Өнімнің жарамдылық мерзімі шектелмеген.
Сертификация туралы ақпарат сайтта: www.eksmo.ru/certification

Сведения о подтверждении соответствия издания согласно законодательству РФ
о техническом регулировании можно получить на сайте Издательства «Эксмо»
www.eksmo.ru/certification
Өндірген мемлекет: Ресей. Сертификация қарастырылған

Дата изготовления / Подписано в печать 25.06.2020. Формат 60x90$^{1}/_{16}$.
Гарнитура «Journal». Печать офсетная. Усл. печ. л. 18,0.
Тираж 4000 экз. Заказ 5158.

Отпечатано с готовых файлов заказчика
в АО «Первая Образцовая типография»,
филиал «УЛЬЯНОВСКИЙ ДОМ ПЕЧАТИ»
432980, Россия, г. Ульяновск, ул. Гончарова, 14

Москва. ООО «Торговый Дом «Эксмо»
Адрес: 123308, г. Москва, ул. Зорге, д.1.
Телефон: +7 (495) 411-50-74. **E-mail:** reception@eksmo-sale.ru

По вопросам приобретения книг «Эксмо» зарубежными оптовыми покупателями обращаться в отдел зарубежных продаж ТД «Эксмо»
E-mail: **international@eksmo-sale.ru**

International Sales: International wholesale customers should contact Foreign Sales Department of Trading House «Eksmo» for their orders.
international@eksmo-sale.ru

По вопросам заказа книг корпоративным клиентам, в том числе в специальном оформлении, обращаться по тел.: +7 (495) 411-68-59, доб. 2261.
E-mail: **ivanova.ey@eksmo.ru**

Оптовая торговля бумажно-беловыми и канцелярскими товарами для школы и офиса «Канц-Эксмо»:
Компания «Канц-Эксмо»: 142702, Московская обл., Ленинский р-н, г. Видное-2, Белокаменное ш., д. 1, а/я 5. Тел./факс: +7 (495) 745-28-87 (многоканальный).
e-mail: **kanc@eksmo-sale.ru**, сайт: **www.kanc-eksmo.ru**

Филиал «Торгового Дома «Эксмо» в Нижнем Новгороде
Адрес: 603094, г. Нижний Новгород, улица Карпинского, д. 29, бизнес-парк «Грин Плаза»
Телефон: +7 (831) 216-15-91 (92, 93, 94). **E-mail:** reception@eksmonn.ru

Филиал ООО «Издательство «Эксмо» в г. Санкт-Петербурге
Адрес: 192029, г. Санкт-Петербург, пр. Обуховской обороны, д. 84, лит. «Е»
Телефон: +7 (812) 365-46-03 / 04. **E-mail**: server@szko.ru

Филиал ООО «Издательство «Эксмо» в г. Екатеринбурге
Адрес: 620024, г. Екатеринбург, ул. Новинская, д. 2щ
Телефон: +7 (343) 272-72-01 (02/03/04/05/06/08)

Филиал ООО «Издательство «Эксмо» в г. Самаре
Адрес: 443052, г. Самара, пр-т Кирова, д. 75/1, лит. «Е»
Телефон: +7 (846) 207-55-50. **E-mail**: RDC-samara@mail.ru

Филиал ООО «Издательство «Эксмо» в г. Ростове-на-Дону
Адрес: 344023, г. Ростов-на-Дону, ул. Страны Советов, 44А
Телефон: +7(863) 303-62-10. **E-mail**: info@rnd.eksmo.ru

Филиал ООО «Издательство «Эксмо» в г. Новосибирске
Адрес: 630015, г. Новосибирск, Комбинатский пер., д. 3
Телефон: +7(383) 289-91-42. E-mail: eksmo-nsk@yandex.ru

Обособленное подразделение в г. Хабаровске
Фактический адрес: 680000, г. Хабаровск, ул. Фрунзе, 22, оф. 703
Почтовый адрес: 680020, г. Хабаровск, А/Я 1006
Телефон: (4212) 910-120, 910-211. **E-mail**: eksmo-khv@mail.ru

Филиал ООО «Издательство «Эксмо» в г. Тюмени
Центр оптово-розничных продаж Cash&Carry в г. Тюмени
Адрес: 625022, г. Тюмень, ул. Пермякова, 1а, 2 этаж. ТЦ «Перестрой-ка»
Ежедневно с 9.00 до 20.00. Телефон: 8 (3452) 21-53-96

Республика Беларусь: ООО «ЭКСМО АСТ Си энд Си»
Центр оптово-розничных продаж Cash&Carry в г. Минске
Адрес: 220014, Республика Беларусь, г. Минск, проспект Жукова, 44, пом. 1-17, ТЦ «Outleto»
Телефон: +375 17 251-40-23; +375 44 581-81-92
Режим работы: с 10.00 до 22.00. **E-mail:** exmoast@yandex.by

Казахстан: «РДЦ Алматы»
Адрес: 050039, г. Алматы, ул. Домбровского, 3А
Телефон: +7 (727) 251-58-12, 251-59-90 (91,92,99). E-mail: RDC-Almaty@eksmo.kz

Украина: ООО «Форс Украина»
Адрес: 04073, г. Киев, ул. Вербовая, 17а
Телефон: +38 (044) 290-99-44, (067) 536-33-22. **E-mail**: sales@forsukraine.com

Полный ассортимент продукции ООО «Издательство «Эксмо» можно приобрести в книжных магазинах «Читай-город» и заказать в интернет-магазине: www.chitai-gorod.ru.
Телефон единой справочной службы: 8 (800) 444-8-444. Звонок по России бесплатный.